KB164650

보잘것없는
사람

보잘것없는 사람

고용환 에세이

씨츠 BOOK

차례

제6화

떠난 사람과 남은 사람

제7화

어둠의 그림자

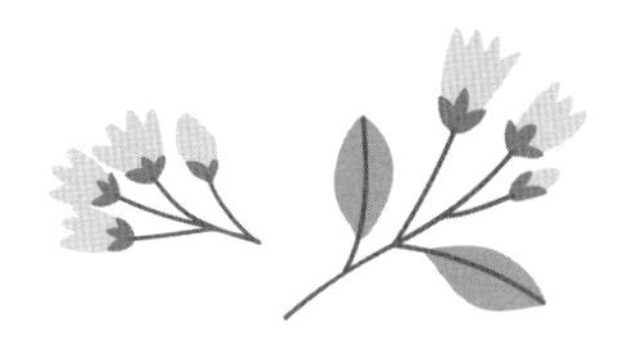

책을 시작하며

부모님께 사랑 표현을 잘하시나요?

혹시 가정환경 탓을 하며 신세를 원망했나요?

자녀에게 해 준 게 없어서 항상 미안한가요?

자식 된 입장에서 부모님은 짐이 되는 존재라고 원망만 하면서 살았습니다. 고난과 역경을 경험하며 오로지 자식을 위해 험난한 길을 걸어온 그 사랑을 이해하지 못하고, 항상 남과 비교하며 무거운 짐만 준다고 신세를 한탄했습니다.

아버지가 돼서야 인생이 얼마나 어렵고 고독한 여정인지 절실하게 깨달았습니다. 그들의 실수를 받아들이고 인정하는 과정이 필요했습니다. 그리고 어쩌면 숨기고 싶었던 그들의 실수와 인생의 역경을 통해 더 낳은 사람으로 성장할 수 있었습니다. 한때 자식들에게 짐이 되는 부모라는 존재를 세상에서 가장 보잘것없는 사람이라 여기며 살았지만 시간이 흘러 철이 들고 부모가 되고 나니 그 소중함과 사랑을 절실히 그리워하게 되었습니다. 그리고 딸이 태어나고 서툰 부모 노릇을 하면서 나 또한 자식에게 보잘것없는 사람으로 남을 수도 있다는 무서운 현실과 마주할 때면 아버지의 사랑을 이해하지 못하고 느끼지 못한 한심한 나 자신도 결국 보잘것없는 사람이었다는 것을 뒤늦게 알게 되었습니다.

눈에 보이지 않아서 느낄수 없다고 생각했던 모든 것들이 막상 사라지면 그 소중함을 깨닫게 되는 것처럼 언제나 자식 걱정에 밤잠을 설치는 부모들의 그 위대한 사랑을 위로하며 이제는 편하게 그 무거운 짐을 넘겨줘도 된다고…. 튼튼하게 잘 키워 줘서 크고 무거운 짐을 들고 잘 걸어갈 수 있다고 전하고 싶습니다. 너무 가까이 있고 항상 내 편이어서 소홀하기만 했던 부모님께, 그리고 아직 그 사랑을 깨닫지 못한 자식들에게 서로의 사랑을 더 늦기 전에 표현했으면 하는 마음에 이렇게 글을 쓰게 되었습니다.

마지막으로….

힘들게 했지만 누구보다 아들을 사랑했던 하늘에 계신 아버지와 현재 자신을 잃어가며 고독히 병마와 싸우고 계신 어머니를 위해 이 책을 바칩니다.

고용환

제1화

힘들게 하지 마세요

꿈에서 하차

두 번째 영국에서의 청원 유학 휴직 중이었다. 유학이라는 단어는 그저 남의 이야기인 줄만 알았다. 주변에서 말리는 사람들의 시선도 무시한 채 순전히 나를 위한 시간과 투자를 위해 비행기에 올랐다. 후회를 남기고 싶지 않았다. 아버지를 지켜보면서 후회 없는 인생을 살기로 다짐했다. 가난과 신분 상승을 위해서 모든 것을 걸고 영국에서 도전을 하고 있었다.

유학 생활 6개월쯤 지나서 영국 시간으로 저녁 11시쯤 전화 한 통이 걸려왔다. 어머니였다. 평소에 가끔 통화는 했지만 그 시간에 전화가 오는 것이 왠지 나를 찜찜하게 만들었다.

"엄마, 무슨 일 있어요?"

"아들, 집에 뭔가 이상한 게 날아왔는데… 그게 네 아빠가 뭔가 돈을 엄청 많이 빌려서 그런 거 같은데……. 어떻게 하지?"

하늘이 무너지는 것 같았다. 언제까지 우리를 괴롭혀야 속이 시원한 건가라는 생각을 하면서 당황한 어머니께 차분히 말했다.

"엄마, 걱정하지 말고 그거 있잖아… 종이들 사진 좀 찍어서 좀 보내 줄 수 있어? 만약에 못하면 내가 동생이랑 통화할게요. 걱정말아요."

그렇게 전화를 끊고 잠을 잘 수가 없었다. 또 무슨 일이 벌어진 건가? 이번에는 도와 드릴 여력이 없는데 금액이 큰 건가? 하는 생각들로 머릿속이 터질 것 같았다. 다음날 동생의 도움으로 내용을 확인할 수 있었다. 독촉장이었다. 빌린 돈에 이자와 원금이 계속 밀려서 압류를 한다는 내용이었다. 문제는 빌린 곳이 한 곳이 아니었다. 이름만 봐도 1금융권이 아닌 곳들에서 빌린 이자가 원금의 몇 배를 훌쩍 넘은 것들도 있었다. 동생에게 전화가 왔다.

"형, 이게 뭐야? 이거 뭐야?"

나이 차이는 제법 있지만 군 제대 후 바로 취업해서 사회생활을 하고 있는 착한 동생이었다. 안심시켜야 했다.

"걱정하지 마, 별거 아니야, 내가 확인해 볼게. 넌 그냥 신경 쓰지 마."

웹 사이트에 방을 내놓았다. 조기 복직해야 한다는 생각과 동시에 영국에서의 삶은 정리되고 있었다. 가야 한다. 가야만 했다. 이 상황을 두고 여기서 속 편하게 공부할 수 없는 상황이었다. 여기까지 오는 데는 너무 힘들었는데 정리해서 돌아가는 것은 너무도 간단했다. 아쉬움에 발걸음이 무거워졌다. 다시는 영국에 오지 못할 것만 같았다. 내 삶에 브레이크를 걸고 앞으로 가는 것을 막는 유일한 장애물은 바로 아버지였다.

사실, 영국은 군 생활 중에 두 번째로 간 유학 휴직이었다. 처음 유학을 간 곳은 필리핀이었다. 1년 동안 대학 부설 어학원에서 공부를 마쳤지만 원어민에게 영어를 배우고 싶은 갈증에 복직 후 2년 뒤에 두 번째 유학을 가기로 마음먹었다. 자비를 털어서 두 번이나 유학을 떠난 군인은 내가 최초이다. 또 휴직한다고 하니 주변 동료들도 나를 다른 시선으로 바라보는 것을 느꼈다. 지금까지 응원해 주던 따뜻한 관심과 눈빛도 따가운 눈초리로 변해 버렸다. 어떤 친한 선배는 직설적으로 조언해 주기도 했다.

"너 나중에 뭐 되려고 그렇게 공부를 하냐? 그것도 군인이 말이야. 야! 부사관은 있잖아, 고졸로 남아 있어야 상대적 박탈감도 덜 느껴서 오래 행복하게 근무할 수 있는 거야. 생각해 봐, 고졸인데 이 정도 돈을 받고 가장 노릇 하면서 생활하네. 그 맛에 버티는 건데 너처럼 이런 짓거리 계속하면 피해 의식만 커져서 못 버티고 결국 나가게 될 거야. 난 네가 왜 이러는지 이해할 수 없다."

나도 '두 번은 좀 아닌데….' 하고 생각은 했기에 그저 먼 산을 바라보며 가끔 헛웃음과 함께 고개를 끄덕일 뿐 애써 외면하고 있었다. 하지만 계급이 낮은 것 때문에 나라는 사람도 낮게 살고 싶지는 않았다. 자신에게 투자하는 것이 가난으로부터 나를 가장 빠르게 구제할 줄 방법이라고 믿었다.

영국 유학을 결정할 때, 군 생활 10년 차에 접어들고 있었다. 진급과 좋은 보직에 대한 기회도 눈앞에 있었다. 그동안 노력해 온 것에 대해 보상이라도 주려는 듯 많은 기회가 경쟁하듯 몰려왔다. 그저 손을 뻗어서 잡기만 하면 되는 완벽한 순간이었다. 당시 지휘관 부탁으로 야간에 병사들에게 토익을 가르쳐 주면서 부족한 능력이지만 나눔의 기쁨도 누리고 있었다. 휴직 지원서를 제출하고 얼마 후 연대장님 집무실로 바로 호출당했다.

"휴직을 꼭 해야 하나? 진급하고 내년에 가면 안 되겠어? 혹시 전역을 생각하고 있는 거야?"

부정할 수 없는 질문에 망설이다가 그렇다고 솔직히 답변 드렸다. 지금이 여러모로 좋은 시기인 것을 알지만 비겁하게 진급하고 휴직하는 것보다 남은 사람 중에 더 열심히 하는 사람이 진급을 하는 게 맞는 거 같다고 말씀을 드렸다.

"만약에 전역을 못 하게 되면 엄청난 기회들을 놓친 거야. 나중에 후회하지 말고 다시 한번 신중히 생각해."

눈앞에 놓인 좋은 기회를 놓치면서까지 영국 땅에서 어렵게 머물고 있었던 나였다. 그러나 뚜렷한 성과도 없이 조기 복직을 해야 한다는 현실이 너무도 서글펐다. 부대 사람들을 무슨 낯으로 봐야 하나 민망하고 억울한 생각이 들기도 했다.

한국에 도착해서 집으로 가는 버스를 탔다. 숨이 막히는 것 같았다. 걱정 때문에 버스가 멈춰 버렸으면 하고 생각했다. 만약에 빚이 너무 많으면 어떻게 하지? 생각이 멈추지 않았다.

영국으로 떠나기 전 어머니는 신축 빌라를 대출받아서 샀다. 돈이 많이 부족했지만 내가 우겨서 전세가 아닌 매매로 결정했다. 어머니가 모은 전 재산과 더불어 내가 가진 돈 전부를 드렸다. 거기에 잔금 치를 때 예상치 못한 일로 급전이 필요해서 사회 초년생이었던 동생의 적금 통장까지 해약하며 어렵게 돈을 맞췄다. 아버지를 제외한 모든 가족들은 자신의 전부를 그 집에 내놓았다.

지금도 기억이 생생하다. 이사 가는 날 행복해하는 어머니의 모습을 잊을 수가 없다. 깨끗한 새집에 산다는 것은 어머니뿐만 아니라 우리에게도 큰 변화이자 기쁨 그 자체였다. 큰 집으로 이사 가면 꼭 하고 싶은 것들이 있었다. 남들에게는 별거 아니었겠지만 우리에게는 의미가 있었다. '거실 소파에 앉아서 텔레비전 보기, 식탁에 앉아서 밥 먹기, 침대에서 잠자기'였다. 그동안 살면서 항상 부러웠던 것들이며, 어머니의 반평생 소원이기도 했던 것들이었다.

이사하기 전에 어머니는 한 번도 친구들을 집에 초대한 적이 없었다. 나라도 부르고 싶지 않았을 것이다. 그런 어머니가 이사하고 나니 직장 동료도 초대하고, 같이 식사도 하는 모습이 너무도 행복해 보였다. 서울 변두리에 아파트도 아닌 연립 주택이었지만 모든 성공을 이룬 사람처럼 보였다. 진작 도와드리지 못한 것이 후회스럽기도 하였다.

이런 행복의 순간에도 아버지는 우리를 실망시켰다. 돈 문제를 떠나서 황당했던 일은 이사를 모두 마칠 때까지 아버지는 아무것도 신경 쓰지 않고 꼭 남일 대하듯이 무관심했다. 이사를 마치고 집에 있는데 나에게 전화가 왔다.

"집이 어디냐? 주소 좀 알려줘라."

한참 후 아버지가 현관문을 열고 집으로 들어오셨다. 남의 집 구경하듯이 둘러보시더니 던지는 한마디.

"집이 크고 깨끗하네."

화가 치밀어 올랐다. 아버지가 중심이 되어서 이루어졌어야 하는 일들이었다. 이렇게 무책임할 수 있을까? 미움과 증오의 감정은 저 끝으로 치솟고 있었다.

그런 아버지의 빚 때문에 어머니의 첫 집을 희생하고 싶지 않았다. 그토록 힘들게 고생만 한 어머니의 삶이 너무 안쓰러웠다. 만약에 지금 무너지면 다시는 일어서지 못할 것만 같았다. 여러 생각을 하면서 밖을 바라보니 어느덧 버스는 집 근처 정류장에 도착하고 있었다. 한걸음에 집으로 달려갔다. 큰 짐을 들고 계단을 올라가서 현관문의 비밀번호를 입력하는 순간 현실로 돌아온 것이 실감 났다.

어제까지 영국의 아침 공기 속에 동네를 조깅하며 새로운 미래를 꿈꾸곤 했다. 근데 완벽하게 원점으로 돌아온 것이었다. 꿈을 꾼 것만 같았다. 단지 깨어나니 부채가 생겼다는 것이 유일하게 달라진 한 가지였다. 영국 유학은 큰 결심 그 자체였다. 목표를 향해 달려야만 했다. 30대로 접어들었기에 영국에서 무엇인가 확실한 해답을 찾아야만 했다. 전역이 너무도 하고 싶었다. 휴직이 결정되고 출국 전까지 수많은 회사에 인턴을 지원했었다. 단순히 영어 공부만을 위한 유학은 아니었기 때문이다. 하지만 이력서와 자기소개서를 작성하면서 한없이 작아지는 나를 발견했다. 학력은 검정고시 졸업, 학점은행제 전문학사, 사이버대학교 학사가 전부였다. 나름대로 정말 열심히 살았는데 다른 취준생과 비교하니 한없이 부족했다. 누가 나를 뽑아 주기는 할까?

검정고시 학력이 싫어서 대학을 간 건데 대학교도 결국 비정상적인 루트로 졸업한 것처럼 보였다. 만약 내가 기업 인사 담당자라면 절대 뽑지 않을 것 같았다. 자신감은 바닥으로 끝없이 떨어지고 있었다.

학력 이외에 스펙도 특별할 것이 없었다. 아무리 군에서 영어 공부를 열심히 하고 필리핀 유학까지 다녀왔었다고 해도 높지 않은 공인 어학 성적이었다. 기초 문법에 동사 개념도 모르던 나였는데 이 정도면 충분하다고 스스로를 칭찬했지만, 사회는 정말 냉정해 보였다. 당시 어학 스펙은 오픽 IH, 토익 860점, 한국외대 테솔 전문 대학원에서 받은 테솔 자격증이 전부였다. 엄청난 노력을 한 나름대로 최고의 결과물이기는 했다.

자기소개서를 쓰는 데 많은 시간을 투자했다. 외국계 기업에 이력서를 내는 것이기 때문에 최대한 내 잠재력을 글로 표현해야 했다. 그래서 남들은 적지도 않을 군대 수상 내용부터 세부적인 경력까지 빠짐없이 작성했다.

'이렇게 열심히 살았으니 제발 나 좀 인턴으로 채용시켜 줘.'

애절했다. 하지만 결과는 냉혹했다. 서류 전형에서 모두 떨어졌다. 혹시나 했지만 애절함으로 호소하는 것은 역시나 아무런 관심도 선택도 받지 못했다. 군대가 싫어서 전역을 꿈꾼 것은 아니었다. 단지 조금 더 넓은 세상을 경험하고 싶었다. 직업 군인인 부사관도 안정되고 축복받은 직업이 맞다. 하지만 노력을 해도 항상 제자리걸음을 해야만 하는 계급의 한계성을 지니고 있었다. 알면서 시작했지만 목표 지향적인 내 성격 때문에 부사관이라는 직업은 나를 계속 괴롭혔다. 그래서 더 늦기 전에 사회인이 되려고 노력했다.

간절함 때문인지 사람이 죽으라는 법은 없었다. 어쩌면 노력의 보상을 받는 것만 같았다. 도착해서 지냈던 게스트 하우스 사장님이 숙식하면서 하우스에서 파트타임을 하는 게 어떠냐고 제안해 주셨다. 런던은 특히나 숙박비가 매우 비쌌다. 작은 원룸 하나도 한 달에 최소 70만 원의 월세를 내야만 했다. 그런데 약간의 용돈을 받으면서 그것도 무료로 런던 시내 중심지에서 지낼 수 있다는 것은 많은 돈을 절약할 수 축복의 기회였다. 잠시 머물고 있을 때 나를 좋게 봐준 사장님께 감사했다. 일을 하면서 계속 이력서를 넣었고 한 달쯤 지났을 무렵 전화 한 통이 왔다.

인턴 면접을 보러 오라는 것이었다. 합격한 것은 아니지만 세상을 다 얻은 것처럼 행복했다. 미리 준비해 온 양복을 입고 면접 장소로 향했다. 마치 성공한 사람처럼 마음이 들떠 있었다. 외국에 지사를 둔 한국 회사였다. 런던 중심지에 위치한 회사 건물을 볼 때마다 매일 아침 이곳으로 출근하는 내 모습을 상상했다. 후회 없이 면접을 보자고 다짐하고 회사 안으로 들어갔다. 5명의 면접 대상자가 앉아 있었다. 모두 능력자처럼 보였다. 잠시 시간이 생겨 서로를 탐색하는 대화 시간을 가졌다. 한 명은 영국 유명 대학원에서 석사과정을 마쳤다고 했다. 스펙들이 너무도 화려해서 눈이 부셨다. 갑자기 나 자신이 너무나 초라하게 느껴졌다. 이건 면접을 보나 마나 떨어질 것이 너무도 확실했다. 그리고 두려운 면접이 시작되었다. 앞에 앉은 4명의 심사위원의 다양한 질문들이 쉴 틈 없이 쏟아졌다. 중간에 앉아 있었던 나는 무슨 답변을 했는지 기억조차 못 할 정도로 혼이 나가 있었다. 그런데 심사위원 한 분이 갑자기 이상한 질문을 던졌다.

"부모님은 당신에게 어떤 존재인가요."

첫 번째 면접 대상자부터 답변하기 시작했다. 훌륭한 멘토이며 언제나 존경하고 사랑한다는 그런 행복 가득한 스토리였다. 다음 대상자도 부모님 자랑을 하기 시작했다. 고민되었다.

'난 자랑할 게 없는데 어떻게 하지?'

내 차례가 되었다. 그냥 솔직해지자고 마음을 내려놓았다. 어차피 이런 기회를 가져 본 적도 없고 떨어진다고 해도 전혀 쪽팔릴 것도 없었다. '그냥 다 보여 주자.' 솔직한 감정을 최대한 짧게 답변했다.

"부모님은 제게 짐입니다. 너무 무겁고 힘들어서 가끔 짜증도 납니다. 그런데 너무도 행복한 짐입니다. 그래서 평생 업고 같이 걸어가려고 합니다."

다른 대상자들이 눈을 크게 뜨고 나를 쳐다봤다. 미친놈을 보는 듯한 눈빛이었다. 중간에 앉은 심사위원이 갑자기 내게 질문을 했다.

"왜 서류 전형에 통과했다고 생각하세요?

이 사람들이 화가 났다고 생각했다. '엉뚱한 내 답변에 많이 어이가 없었구나.' '역시나 안 되는구나.'라고 생각하고 있었다. 그런데 다음 말이 나를 놀라게 했다.

"사실 자기소개서에 살아온 인생이 너무 순탄하지 않아서 사장님이 꼭 한번 불러 보라고 했어요."

지금까지 겪어 온 모든 고난을 위로 받고 있는 것처럼 행복했다. 아무것도 이루지 못하고 불합격인 채로 돌아간다고 해도 괜찮았다. 그렇게 면접은 끝이 났다. 같이 면접을 본 사람들이 내가 채용된 거 같다면서 말을 걸어왔다. 하지만 아무런 기대도 하지 않았다. '이거면 됐다. 진심을 알아봐 주는 사람들이 밖에도 있다면 언젠가 기회는 있겠구나!'라고 위안받았다. 다시 일상으로 돌아와서 이력서를 넣으며 취업을 위해 학원을 다녔다. 그러던 어느 날 전화가 울렸다. 인턴 최종 합격했으니 언제부터 출근할 수 있냐는 것이었다. 그렇게 나의 꿈은 이뤄지는 것만 같았다.

하지만 달콤한 꿈은 잠시뿐이었다. 현재 휴직 중이라고 하니 문제가 될 거 같다고 하였다. 면접 볼 때부터 솔직하게 말했어야 했다. 휴직 중인 군인이라고 하면 서류 전형도 통과하지 못할까 봐 거짓말을 한 것이 문제가 된 것 같았다. 휴직이라는 보험을 드는 것이 아니고 모든 것을 걸고 전역했어야 했다. 뒤를 돌아보면 안 되는데 돌아볼 것을 남겨 두고 온 것이 실수였다. 그래도 가능성을 확인했다는 생각에 영국의 하루하루는 도전이고 배움의 연속이었다.

현실의 문

현관문을 열고 들어가니 엄마가 어두운 얼굴로 반겨 주셨다. 오랜만에 봤지만 인사는 생략되었다. 독촉장부터 하나씩 확인하기 시작했다. 눈에 보이는 부채액과 연체금을 모두 합하니 1억이 넘었다. 몇천만 원 정도로만 생각했는데… 원망의 감정이 다시 싹트기 시작했다. 아버지께 전화를 했다.

"빨리 집에 오세요."라는 말만 남기고 전화를 끊었다.

화를 낼 가치도 없었다. 먼 길을 달려왔는데 쉬지도 못하고 정신없어 보이는 아들을 엄마는 안타까운 표정으로 말없이 지켜봤다. 저녁 10시가 넘어서야 아버지가 집에 오셨다. 동생에게 이런 상황을 보이고 싶지 않아 잠시 게임방에 가 있으라고 밖으로 내보냈다.

"여기 앉아 보세요." 아버지께 말했다.

아버지께 취조하듯이 묻기 시작했다. 답이 만족스럽지 못하면 호통을 치면서 계속 물어봤다. 옆에서 말없이 지켜보던 어머니는 민망한지 자리를 피하셨다. 벌어진 모든 상황에서 도망치고 싶었다.

노트북으로 타자를 치며, 부채 내용을 상세하게 적어 내려갔다. 오랜 시간이 지나서 아버지는 숨겨진 부채에 대해서도 털어놓았다. 보고서를 만드는 것처럼 부채를 금융 회사별, 연체 이자 순으로 세부 정리를 했다.

"사실, 이건 내 이름으로 빌린 건 아닌데…. 내 친구가 자기 이름으로 대출받아서 빌려준 돈도 있어. 근데 이건 급한 건 아니야."

더 이상 평정심을 유지할 수가 없었다. 참고 참았던 감정이 폭발하고 말았다. 10년 가까이 일하면서 집에는 고작 80만 원만 가져다주고 가끔 아들에게 전화해서 몇백만 원씩 빌려 가기도 했다. 용서할 수가 없었다. 한없이 고함을 지르고 나니 눈에서 눈물이 흘렀다. 사실 아버지가 도박 비슷한 것을 하는 것은 알고 있었다. 경마인 것 같아서 그냥 스트레스 푸는 거구나 하면서 넘어갔었다. 하지만 경마 때문에 이렇게 많은 빚이 생겼다고는 도무지 납득할 수가 없었다. 모든 빚을 확인하니 대략 2억 정도 되는 금액이었다.

한바탕 폭풍이 지나가고 다음 날 복직을 하겠다고 전화를 했다. 무슨 일 있냐면서 왜 이리 일찍 복귀하냐는 말에 그냥 웃었다. 대충 일이 좀 생겨서 복직하게 됐다고 둘러대고 성급히 전화를 끊었다. 복직은 한 달 뒤에 하기로 하였다. 그리고 아버지의 사장이자 친구였던 아저씨께 전화를 걸었다. 만나고 싶은데 어디로 가면 되냐고 여쭤봤다. 아저씨가 당황해하며 물으셨다.

"네가 왜 나를 보려고 하냐?"

아버지 문제로 여쭈고 싶은 게 있다고 말했다. 그리고 내가 매입한 아파트 집문서를 함께 챙겨 들고 버스를 탔다. 가끔 아버지를 안타깝게 생각했던 적도 있었다. 한때는 같이 석유 배달을 하면서 돈도 많이 벌고 주변 친척들도 도와주면서 몸뚱이 하나로 열심히 사셨다. 다만 돈 관리와 시기 판단을 제대로 하지 못해서 장사는 망하였다. 그렇게 되다 보니 아군이었던 주변 사람들과 친척들로부터 많은 질타를 받으면서 한동안 많이 힘들어하셨다. 반대로 같은 업종에 종사했던 사회 친구인 지금의 사장은 큰 주유소가 몇 개나 있는 부자가 되었다. 아버지는 몇 년을 백수로 보냈다.

나는 병사로 입대 후 부사관 지원을 하기로 결심을 했다. 다른 동기들은 빨리 제대를 하고 싶어 했지만 내게 군대는 너무도 편한 곳처럼 느껴졌다. 자퇴 후에 미성년자의 신분으로 여러 일을 하면서 사회에 쓴맛을 보았다. 그냥 전역하면 다시 그 생활을 하게 될 것이 두려웠다. 잠시 안정된 도피처가 필요했다. 부사관 지원을 보고하니 부모님 동의가 필요하다고 했다. 면회 온 부모님께 부사관을 지원할 테니 서명을 해달라고 했다. 그런데 황당하게 아버지가 반대를 하셨다. 못 배운 사람들이 군대에 말뚝을 박고 부사관을 한다는 인식 때문에 고집을 부리셨다. 나는 그런 아버지께 협박하듯이 말을 했다.

"아빠, 일 시작하면 부사관 지원 안 할게." 그리고 몇 며칠 뒤 부대로 어머니가 전화를 했다. "네 아빠 주유소에서 일 시작했다." 당황스러움을 감출 수 없었다. 그렇게 쉬웠으면 진작 일을 하지 지금까지 뭐 했나 싶었다. 하지만 나는 약속을 지키지 않았다. 아무리 생각해도 직업 군인으로 생활하면서 미래를 준비하는 것이 현명해 보였다. 그렇기 때문에 친구 밑에 들어가서 일하는 아버지를 보면 가끔 불쌍하게 느껴지기도 했다.

도착해서 주유소 사무실로 향했다. 왜 본인을 보자고 했는지 궁금해하는 아저씨께 아버지의 부채 때문에 왔고 고작 경마 때문에 이렇게 많은 빚이 생긴 것이 이해가 되지 않아서 왔다고 말씀드렸다. 그리고 혹시 아버지가 다른 여자랑 살림을 차린 것이 아닌지 여쭤봤다. 알고 있다면 제발 말해 달라고 부탁드렸다. 아저씨는 당황한 표정을 지으며 나를 쳐다보았다.

"내가 알기로는 없어. 그냥 친구처럼 지내는 아줌마가 있는데 그건 네가 생각하는 그런 사이가 아니야."

더 이상 묻지 않았다. 과거에 의심되는 사건이 있었지만 그런 외도는 아닌 것 같았다. 아저씨 앞으로 챙겨 온 집문서를 밀면서 중개업자처럼 아파트에 대해 소개를 했다. 경기도에 있는 23평짜리 소형 아파트였다. 집 없는 사람의 서러움을 어릴 때부터 겪었다. 그렇기에 안정된 직장을 가진 후 아껴 쓰면서 저축을 했다. 가끔 주변에서 왜 옷을 그렇게 입고 다니냐는 말을 들어도 무시하며 목표를 향해서 달렸다. 그렇게 힘들게 모은 돈으로 매수한 내 생의 첫 아파트였다.

투자를 해서 부자가 되겠다는 욕심으로 한 것은 아니었다. 단지 내 이름 앞으로 된 집을 빨리 가지고 싶었다. 가난한 가정환경 때문인지 집에 대한 집착이 심했고, 만약 누군가를 만나서 결혼을 한다면 최소한 집 걱정은 하지 않게 하고 싶었다. 발품을 팔며 틈나는 대로 투자 공부를 했다. 오래된 구식 아파트지만 나름 쾌적하고, 신혼집으로 살아도 손색이 없다고 생각되는 집을 어렵게 선택해 나의 전 재산을 투자해서 샀다. 집은 나의 자부심이기도 했다. 집문서를 보면서 아저씨가 물으셨다.

"이건 뭐냐? 이걸 왜 나한테 설명하는 거야."

"아저씨 부탁이 있어요. 만약에 제가 부채를 해결 못 하게 되면 이 아파트를 아저씨가 사 주세요. 아시겠지만 집이라는 게 급매로 팔면 시세보다 적은 금액에 매도할 수밖에 없는데 돈도 급하고 그렇게 팔고 싶지는 않아요. 나쁜 매물도 아니고 현재 시세도 오르고 있느니 사 주시면 아버지 문제를 이걸로 해결해 보려고 합니다."

양주를 한잔 마시며 한없이 문서를 바라보았다.

"그래, 일단 뭐 네가 해 보고 정 안 되면 이 문제는 그때 다시 의논하자."

어릴 적 아저씨와 함께 가족 여행을 간 적도 있었다. 아저씨가 어떻게 해서 큰 부자가 됐는지 아버지께 익히 들어서 알고 있었다. 아저씨의 말투나 행동에서 상당히 거만해 보이는 부분도 있었지만 속마음은 나름대로 인정 있는 분이라는 것을 그날의 만남을 통해 알 수 있었다. '가난을 탈출한 이유가 분명히 있겠구나.' 싶었다. 아저씨는 자신을 원망하지 말라며 말을 꺼내셨다.

"난 그래도 친구라고 많이 챙겨 주고 노력했어."

친구라고 다른 직원보다 추가 수당도 챙겨 주고 최소한 가장 노릇을 할 수 있게 해 주었다는 것이다. 도대체 얼마를 주었기에 그런 말을 내 앞에서 하시는 걸까? 바로 여쭤보았다.

"얼마를 추가로 주셨는데요? 아버지는 지금까지 집에 매달 80만 원만 주셨어요. 어머니하고 저희가 돈이 부족해서 얼마나 고생하면서 살았는데 많이 주셨다고요? 저는 150만 원 정도 받겠구나 생각했는데……." 아저씨는 놀란 표정으로 나를 바라보았다.

"어떻게 80만 원으로 생활을 했냐? 그래서 군대에 말뚝 박은 거냐?

10년 전에는 매달 최소 250만 원은 맞춰 줬다. 그래야 저축도 좀 하고 자식들 키우니까. 그리고 최근에는 수당 포함해서 한 400만 원 가까이 줬는데……."

아버지가 저렇게 많은 돈을 받았는지 몰랐다. 물론 관심 없이 지낸 책임도 있다. 그냥 믿었던 것이다. 아저씨는 말을 이어갔다.

"아, 그리고 너 유학 갈 때 자금이 부족하다고 했다면서…. 네 아비가 돈이 필요하다길래 300만 원 줬는데 그 돈은 받았냐?"

순간 말문이 막혀서 아무런 말도 할 수 없었다. 아저씨는 내 표정을 보고 더 이상 아무것도 묻지 않았다. 아저씨를 통해 그동안 몰랐던 사실을 한 번에 너무 많이 듣게 되자 그나마 남아 있던 작은 동정심조차 산산조각이 나버렸다.

사실 그 정도 돈으로 성실하게 저축하고 아꼈다면, 다시 평범하고 사람답게 살 수 있었을 것이다. 도대체 어디서 무엇에 돈을 쓰고 다녔기에 이렇게 된 건지 묻고 싶었다. 아들까지 팔아 가면서 돈을 받아야 했는지 도무지 이해가 되지 않았다. 나중에 알게 된 사실은 아버지는 정말 내 유학 자금으로 보태 주고 싶어서 빌린 것은 맞았다. 큰돈이 생기니 돈을 불리고 싶었던 욕심이 문제의 시작이었다.

이혼하세요

집으로 돌아오는 길, 발걸음이 너무도 무거웠다. 그 누구도 만나고 싶지 않았다. 만나도 도움받지 못할 거면서 하소연하면 인생이 더 비참해질 것 같았다. 나는 불쌍하고 안쓰러운 사람이라고 광고하고 싶지 않았다. 빚 문제가 생긴 이후 한동안 아버지는 집에 일찍 들어오셨다. 미안한지 말없이 텔레비전만 보고 있는 모습이 나를 더 화나게 만들었다.

아버지가 멍하니 거실에 앉아 있는 동안에 나는 정신없이 각 기관별 부채와 연체 이자를 확인했다. 신용카드론 대출을 시작으로 돌려막기 식으로 다른 카드를 사용하다가 그것도 안 되니 제3금융권에 고금리 대출까지 손을 벌렸고 그런 식으로 7년 동안 부채를 늘려온 것이었다. 날짜를 확인해 보니 나에게 전화해서 급하다고 가져간 돈도 이곳에 사용된 것을 알 수 있었다. 동료에게 대출 부탁을 한 것도 더 이상 돈을 빌릴 곳이 없기 때문이었다.

아버지는 장사할 때도 그렇게 돈 관리를 못 했다. 남들은 열심히 저축하면서 집도 사고 형편이 좋아졌는데, 반대로 우리는 부채만 늘어 갔다. 항상 나오는 말처럼 통장 관리는 여자가 하는 것이 옳았다. 만약 어머니가 재정을 관리했다면 이런 일은 절대 없었을 것이다.

어머니와 나는 서로 비밀 이야기도 편하게 하는 사이였다. 여자 친구와 성적 고민도 어머니와 거리감 없이 이야기 나누곤 했다. 그것이 자식이라면 해야 하는 도리라고 생각했다. 그리고 어머니는 이런 속 이야기를 아들과 나눈다는 것에 항상 뿌듯해 하셨다. 하지만 아버지 때문에 힘들어하면 위로하지 않았고 오히려 어머니께 가장 큰 책임이 있다고 다그쳤다.

어머니는 아무런 잔소리도 안 하는 성격이었다. 과소비도 없고 본인만의 취미 생활도 전혀 없었다. 오로지 가족만을 위해서 헌신적으로 희생하는 그런 여자였다. 나중에 어머니의 성장 배경을 알고 나서 모든 행동이 이해가 되었지만, 적어도 이렇게 살기 싫으면 아버지께 잔소리하는 노력 정도는 했어야 했다. 통장 관리를 어머니가 하고 아버지에게 용돈을 줘야 한다고 수도 없이 말했다. 뻔히 돈 관리 못 하는 것을 알면서도 그런 사람에게 매달 생활비 고작 80만 원 받아 가면서 살면 평생 가난할 거라고 했다. 달라지는 거 없이 나중에 지쳐서 쓰러진다고 매몰차게 경고했다. 내 말대로 최소한의 노력이라도 했다면 이런 사태는 예방할 수 있었을 것이다.

가족들은 이렇게 고통받고 있어도 아버지는 언제나 자유로운 영혼처럼 인생을 즐기며 살고 있었다. 연봉이 얼마인지 가족들에게 전혀 알리지도 않고 밤마다 무엇을 하는지 늦게 들어왔다. 집안에 자식들은 일찌감치 평범한 삶을 포기하였다. 사회 계급장이 흙수저임을 절실히 깨닫고 각자 살길을 찾아 나선 지 오래였다. 시간이 지나고 아버지 빚을 해결할 유일한 방법을 찾아냈다. 힘든 결심이 있어야만 했다.

거실에 앉아 있는 두 분에게 조용히 종이 한 장을 건네 드렸다. 바로 이혼 서류였다. 솔직히 아버지 부채를 내가 가진 아파트로 해결할 수 있었다. 또 다른 대안은 어머니와 가족들이 살고 있는 집을 처분하는 것이었다. 하지만 더 이상 이런 도움을 반복하면 안 된다고 생각했다. 이렇게 끌려다니면서 불안하게 살고 싶지 않았다. 해결한다고 해도 다음에 또 이런 일이 반복되지 않는다는 보장도 없었다. 모든 노력과 열정을 아버지에게 낭비하기에는 우리의 삶도 너무 소중했다.

서류를 확인한 아버지는 무척이나 당황한 표정을 지으셨다. 아마 상상도 하지 못하셨을 것이다. 어머니는 말없이 그저 이혼 서류를 바라만 보고 계셨다. 나는 아버지에게 관용을 베풀 듯이 말을 했다.

"이혼해도 얼굴은 보고 살 거니까 걱정하지 마세요. 근데 아버지도 책임은 지셔야죠. 그리고 좀 보세요. 힘들어하는 가족들의 모습을…. 언제까지 우리한테 고통만 줄 거예요. 제발 이혼하셨으면 좋겠어요."

이 말을 남기고 두 분이 생각 좀 하시라고 집을 나왔다. 공원을 걸으면서 한없이 생각하였다. '참으로 못나고 매정한 자식을 뒀다고 생각하실까?' '내가 부모라면 그래도 열심히 살려고 노력했고 자식들 때문에 힘든 거 다 참아 가면서 살아왔는데 잘못을 했다고 남남으로 갈라서자고 하는 아들놈을 어떻게 생각할까?' 하지만 이게 최선의 방법이라고 생각했다.

언젠가부터 아버지처럼 살면 안 된다고 생각하게 되었다. 자식된 입장에서 평생을 보니 아버지의 인생에서 배울 점보다는 따라하면 안 되는 것들이 더 많았다. 아버지의 단점을 적어도 보고 어떤 행동이 닮았는지 비교도 해 보았다. 부모는 자식의 거울이라고 오랜 시간 붙어 지내면서 모르는 사이에 닮아 가는 것이다. 내가 노력하지 않는다면 분명 나중에 아버지처럼 행동하게 될까 봐 두려웠다. 지금 와서 삶을 되돌아보면 아버지와 반대로 살기 위해서 노력한 덕분에 많은 부분에서 새로운 습관을 만들 수 있었다. 그리고 그 습관들은 내 삶에도 큰 영향을 주었다.

집으로 돌아오니 어머니는 아직 자리에 앉아 계셨고 아버지는 나가셨다고 했다. 어머니는 아버지가 이혼하기 싫다고 절대 이혼 못 한다고 화를 내며 나갔다고 했다. 예상했던 결과였다. 누가 쉽게 도장을 찍고 남이 되려고 하겠는가? 그것도 본인이 가진 것이라고는 빚이 전부인 중년 남자가…. 지금 본인을 도와줄 유일한 사람은 가족밖에 없다는 것을 알고 있었다.

얼마 지나지 않아 개인 회생을 하면 아버지 급여로 일을 하면서 부채를 상환할 수 있다는 것을 알게 되었다. 어떻게든 피해를 줄이기 위해서 법무사에 수수료를 내고 개인 회생 준비를 시작했다. 소명서를 제출해야 한다기에 열심히 살았지만 사업 실패 이후에 어쩔 수 없이 이렇게 되었다고 거짓말로 글을 쓰는데 죄책감까지 밀려왔다.

쪽팔리지만 주변 지인에게 찾아가 검수까지 받아가며 최대한 애절하게 아버지의 실수를 써 내려갔다. 부채에 대한 세부적인 내용을 증명하기 위해 금융 기관, 카드 회사에 모두 방문하고 내용을 첨부해야 했다. 불행인지 다행인지 군 생활하면서 배운 행정 능력이 유용하게 활용될 줄은 꿈에도 몰랐다. 그렇게 정신없이 모든 것들을 준비해서 법원에 서류를 제출하였다.

달력을 보니 4일 후면 복직하는 날이었다. 그리고 부대에서 전화가 왔다. 인사과에서 근무하는 담당관이었다.

"선배님 보직을 격오지로 배정해야 할 것 같습니다."

군대에서 퇴근을 못 하는 격오지 근무가 있다. GP, GOP, 해 · 강안이 그곳에 해당한다. 당시에 미혼이었기에 한 달에 2박 3일밖에 휴가를 못 가게 되어 있었다. 퇴근 없이 24시간 부대에서 동숙을 하면서 임무를 수행해야 하는 것이었다.

자존심이 상했지만, 지금까지의 상황을 후배에게 차분히 설명했다. 조기 복직을 한 이유와 한 달 동안 무슨 일을 했는지. 그리고 아직 일이 진행 중이기에 퇴근을 해야 한다고 말했다. 자존심은 땅바닥에 내팽개쳐지고 있었다. 사실 인사 실무자는 오래전에 내가 직접 스카우트해서 내 밑에서 일을 함께한 친한 후배였다. 하지만 후배는 내 말을 다 듣고 상당히 냉정하게 답을 했다.

"선배님, 그건 제가 어떻게 할 수 없고, 주임원사님이 격오지 들어가랍니다."

극심한 배신감이 밀려왔다. 마음을 표현할 여유도 없었다. 한심하다고 여겨져서 참고 전화를 끊었다. 하지만 격오지 부대에 보직이 될까 봐 초초하고 불안했다.

복직 신고 날 주임원사실로 찾아갔다. 부사관 보직을 위임받아 권한이 있었기 때문이다. 같은 사무실에서 근무한 인연도 있기에 세부적인 사정 이야기를 했다. 간곡한 내 청에 격오지 부대로 보직되는 것을 1년간 유예해 줄 테니 일단 집중해서 아버지 일부터 처리하라고 하셨다.

한 달이 지나고 다행히도 아버지의 개인 회생은 개시되었다. 월급의 대부분은 부채로 상환되었다. 그날 이후부터 아버지 통장 관리를 내가 직접 하게 되었다. 은행에 가서 아버지 용돈을 위한 체크카드를 하나 발급받았다. 그리고 네임펜으로 카드 뒷면에 글을 썼다.

"아빠 힘내세요."

카드를 드리면서 정해진 범위의 돈만 쓰라고 말씀드렸다. 아버지도 어떻게 되었든 빚 문제가 해결돼서 너무 홀가분하다고 앞으로 잘하겠다고 믿어 달라고 하셨다.

모든 것이 제자리로 돌아가는 평온한 느낌이었다. 항상 무언가 때문에 불안해하며 살았는데 어머니의 표정도 밝아지고 앞으로 행복해지는 일만 남은 것만 같았다.

그렇게 시간이 흘러서 격오지 부대로 3개월 동안 파견을 가게 되었다. 문제가 해결되었기에 못 들어갈 이유도 없었다. 퇴근 없이 부대에서 동숙을 하면서 유학 간다고 생긴 마이너스 통장의 부채를 상환하며 마음을 달래고 있었다. 아버지 빚을 해결하니 이제 내 문제를 해결해야만 했다. 결국 영국에서 남은 것은 빚이 전부였다.

간암 말기

어느 날 점심에 어머니께 전화가 걸려 왔다. 아무 생각 없이 받았는데 울음 가득한 어머니의 목소리가 들려왔다. 그저 어떻게 하냐는 말만 반복하며 말을 이어나가지 못하셨다. 겨우 진정을 시키고 무슨 일이냐고 물어보니 아버지가 쓰러져 응급실에 입원했고 보호자를 찾길래 병원에 왔더니 의사 선생님 말씀이 피검사 수치상 아버지가 암인 것 같다고 했다는 것이다. 아닐 거라고 정밀 검사받으면 결과가 달라질 수 있으니 걱정하지 말라고 애써 어머니를 안정시킨 후 중대장에게 전화해서 보고하고 청원 휴가를 받아 바로 병원으로 이동했다.

불과 몇 개월 전에 안 좋은 일로 급하게 귀국했다. 그런데 그 문제가 완전히 끝나기도 전에 인생을 흔드는 일이 발생했다. 주변에 암에 걸려 고통받았던 지인이 없었기 때문에 항상 다른 사람 이야기처럼 생각했던, 전혀 예상하지도 못한 일이었다. 너무 당황했다. 설마 아니겠지라고 수천 번 생각하면서 병원으로 향했다.

의사 선생님과 면담은 신속하게 이뤄졌다. 검사 결과 간암이 확실하다고 했다. 못 들은 척하고 싶었다. 술과 담배를 피기는 하셨지만 비만도 아니고 식사도 잘하셨다. 어디 아프다고 한 적도 없는 나름 건강한 아버지였다. 그런데 갑자기 간암이라니…. 그 말을 듣고 나니 아버지가 정말 환자처럼 아파 보였다. 잠시 행복으로 기대했던 시간은 이렇게 한순간에 어둠으로 변해 다시 불행의 길로 들어서고 있었다.

정신을 차리고 일단 침착해야 했다. 슬퍼하고만 있을 수는 없었다. 재정적인 부분을 알아보는 것을 최우선으로 했다. 어머니께 혹시 보험 가입해 둔 것이 있는지 여쭤봤다.

아버지 이름 앞으로 3개의 보험이 있다고 했다. 아주 오래전에 가입한 보험으로 만기는 한참 전에 지났다. 가입일을 확인해 보니 부모님이 신혼일 때 가입한 보험이었다.

치료에 들어가는 예산과 보험 수령액을 확인했다. 보험 회사에 전화해서 보험사별 보장 금액을 확인하고 깜짝 놀랐다. 요즘의 내가 알고 있는 그런 보장액이 아니었다. 3개의 보험에서 받을 수 있는 돈은 600만 원이 전부였다.

생각해 보면 그 당시에는 암을 치료하는 것이 흔하지 않았고 옛날이기에 보장 금액도 낮게 설정되어 있던 것이었다. 이상한 일도 아니었다. 바쁘고 정신없이 사느라고 그 누구도 보험을 갱신해야 한다는 생각조차 하지 못했다. 미래를 대비하는 여유조차 가난한 사람들에는 사치였던 것이다.

눈앞이 깜깜했다. 앞으로 어떻게 치료비를 감당해야 하나 막막했다. 부모님 보험도 신경을 쓰면서 살았어야 했는데 누구를 원망할 문제도 아니었다. 한 번도 이런 상황을 상상해본 적이 없기 때문에 대비할 수도 없었다. 그래도 적은 돈의 보험이라도 가족을 위해서 가입해 둔 어머니께 감사할 뿐이었다.

아버지의 심각성에 대해서 의사 선생님과 다시 면담을 했다. 결론은 너무 늦었다는 것이다. 간 이식도 할 수 없으며 오로지 항암 치료를 하면서 경과를 지켜보고 안 되면 방사선 치료를 하는 방법밖에 없다고 했다. 그리고 앞으로 길어야 2년 정도일 거라고 단호하게 말했다.

길어야 2년이라는 말에 더 이상 아무런 말도 할 수가 없었다. 그토록 미워하고 원망했던 아버지인데 이제 남은 시간이 단 2년뿐이라고 하니 갑자기 아버지가 한없이 불쌍하게 느껴졌다.

아버지는 5남 3녀의 일곱째로 베이비 붐 시대에 태어났다. 초등학교도 졸업 못 하고 어린 나이에 공장에서 매일 일을 하며 주급이라고 받는 적은 돈도 모두 할머니께 가져다주었다고 했다. 제대로 된 음식과 어린 나이를 즐기지도 못한 채 평생을 일만 하고 살아온 한 남자였다. 그런 배경을 알고 있기에 아버지가 석유 소매업으로 돈을 벌기 시작했을 때 왜 그렇게 과소비를 하고 남을 챙기면서 인정을 베풀고 다녔는지 조금은 이해할 수 있었다. 그런데 그런 아버지가 이제 곧 죽는다는 것이다. 얼마 전까지 아들한테 이혼 서류를 받고 협박까지 당하면서 애절하게 구원하던 힘없는 그 깡마른 사람이 불치병에 걸렸다.

나도 모르게 눈물이 흘렀다. 그냥 한 남자의 인생이 너무도 처량해서였다. 못났든 잘났든 부모인데 자식한테 제대로 된 효도 한번 받아보지 못하고 이렇게 젊은 나이에 마지막을 준비한다는 것에 하늘이 원망스러웠다.

병실에 가서 아버지께 현재 몸 상태에 대해서 최대한 침착하게 전달했다. '혹시 아버지가 못 견디면 어떡하지? 눈물을 흘리면 닦아드려야 하나?' 많은 생각과 고민을 하며 말씀드렸는데 걱정과는 달리 아버지는 너무도 침착했다. 전혀 걱정하는 사람처럼 보이지 않았다. 그리곤 계속 같은 말만 반복했다.

"옆구리가 미친 듯이 아프고 숨도 안 쉬어지고 했는데 여기 와서 뭐 좀 치료를 받으니 하나도 안 아프네. 신기하다. 별거 아닌가 보네…."

모든 것을 강하게 부정하고 있었다. 인정하고 싶지 않았을 것이다. 차라리 드라마의 한 장면처럼 고함을 치고 오열을 하며 살고 싶다고 애원했으면 같이 눈물이라도 흘렸을 것이다. 그런데 너무 태연하게 본인은 이제 안 아프니 문제없다고 하는 낙관적인 모습에 여러 생각을 할 수밖에 없었다.

간암 때문에 다시 아버지는 백수가 되었다. 이번에는 강제로 백수가 되어 버렸다.

입원해 있는 동안에 친척들과 지인들이 병원에 찾아왔다. 모두 슬픈 표정으로 병원에 왔다가 수다를 떨고 다시 일상으로 돌아갔다. 친척 중에는 갑자기 어색하고 불편한 관심을 보이는 분들도 있었다. 그리고 그 원망은 어머니에게 돌아갔다.

"왜 울 오빠가 이렇게 됐어? 지금까지 신경도 안 쓰고 방치했던 거 아니야?"

누가 정말 위로를 받아야 하는 것인가? 어머니가 너무 불쌍했다. 안 그래도 고생만 한 그 잡초 같은 인생에 세상은 작은 꽃 한 송이조차 허락하지 않는 것만 같았다. 꽃이 피기 좋은 날씨와 햇살을 만나면 어느덧 비바람과 눈보라가 몰아쳤다. 어머니를 원망하는 모습을 지켜볼 수 없어 그 자리에서 외면했다. 불쌍한 듯한 모습으로 우리 가족을 바라보는 그 시선도 보기 싫었다.

나중에 간암의 원인을 알았을 때 너무도 한심했다. 오래전부터 B형 간염 보균자였고 그걸 계속 방치해 둔 결과 결국 암이 되어버린 것이다. 그런데 직장 생활을 10년 가까이하면서 신체검사를 받게 되어 있는데 몰랐다는 것이 이상했다. 주유소에 전화를 했다.

직원 말로는 매년 검사를 받아야 한다고 휴가를 줘도 절대 검사를 받지 않았고 동료분들과 놀러 가는 것 같았으며 이 때문에 주유소에서 벌금까지 낸 적도 있다고 말했다. 무능함을 떠나서 몸 관리에 대해 철저히 외면한 대가를 스스로 받은 것이다. 피검사라도 했더라면 이렇게까지 되지는 않았을 텐데……. 모든 것이 아버지의 잘못이었다. 하지만 무관심했던 가족들의 잘못일지도 모른다.

아쉬움과 후회가 밀려왔지만 돌이킬 수 없었다. 이런 식으로 아버지는 자신의 인생과 반대로 살아야 한다고 강하게 우리를 가르치고 있는 것만 같았다.

제2화

사랑을 표현하는 방법

변하지 않는 사람

병원에 입원해서 치료를 받는 기간은 생각보다 길지 않았다. 다행히도 부대의 배려로 입원하는 기간에 휴가를 쓸 수 있었다. 거의 매일 아버지 옆에서 잠을 잤다. 그래야만 했다. 어머니와 동생도 일을 하고 있고 모두에게 고통을 나누고 싶지 않았다. 그 시간 동안에 아버지와 나름 많은 이야기를 나눌 수 있었다. 어찌 보면 살면서 가장 오랜 시간 같이 붙어 있었던 거 같다.

아버지는 항상 밤잠이 없던 생활 패턴을 가지고 있었다. 일을 할 때도 항상 늦게 자고 늦게 일어났다. 학창 시절 학교 가기 전에 아버지의 자는 모습을 보는 것이 전부일 정도였다. 가끔 외식을 하거나 친척 집에 갈 때를 제외하고 아버지의 깨어 있는 모습을 보기는 힘들었다. 그래서 병원에서 하루 종일 같이 있는 것이 참 어색하기도 했다. 같이 밥을 먹고 이야기하고 병실에서 텔레비전을 보는 어쩌면 평범한 것들이 나에게는 너무도 생소했다.

병간호로 6개월 정도 시간이 흘렀을 때 군에서 선발하는 국외 군사 교육에 합격했다. 국외 군사 교육은 미국 본토에 가서 일정 기간 미군의 교육을 받고 오는 것으로 매년 소수의 부사관이 선발된다.

선발되었을 때 그동안 노력한 것에 대한 보상을 받는다는 기분에 잠시 행복을 느꼈다. 무엇보다 좋았던 것은 교육 전에 출근을 하지 않고 출국 준비를 하는 시간이 부여된다는 것이었다. 과정에 따라서 3~6개월의 시간이 주어졌다. 부대 생활과 병간호를 동시에 하면서 나 또한 많이 지쳐 있었는데 이 시간 동안 집중해서 아버지를 보살피고 여러 문제를 해결할 수 있어서 다행이라고 생각했다. 꼭 누군가 나를 돕는 거 같은 그런 느낌이었다.

아버지가 병원을 퇴원한 지 8개월쯤 되었을 때 아버지는 다시 밖으로 나가기 시작했다. 개인 회생은 계속 진행 중이었기에 가족들의 돈으로 빚을 갚아야 했는데 다행히 실업 수당이 청구돼서 아버지 수당으로 일부를 충당할 수 있었다. 그런데 황당했던 것은 아버지가 이런 순간에도 그놈의 경마를 가는 것이었다. 더 얄미운 것은 같이 가자고 하는 아버지 동료가 있었다. 사람으로 보이지도 않았다. 증오스러웠다. 그러나 분노도 잠시, 도대체 돈이 어디서 나서 하는 건지 궁금해져 여쭤봤더니 아버지는 그냥 따라가서 보기만 한다고 했다. 한편으로는 얼마나 답답할까? 하는 생각도 들어서 그냥 다니게 했다.

그러던 어느 날, 교육을 받고 있는데 집에서 전화가 왔다. 실업급여 통장에 잔고가 없다는 것이었다. 알고 보니 아버지가 그 돈으로 경마를 하고 있던 것이다. 사람은 절대 변하지 않았다. 상황이 어떻게 되든 하물며 죽어가고 있다고 해도 절대 본질은 변하지 않는다는 것을 다시 한번 배웠다. 교육을 마치고 집에 가자마자 다시 아버지와 대화를 했다. 아버지는 참으로 한심한 말을 내뱉었다.

"상속 포기하면 빚을 갚지 않아도 된다고 들었어. 어차피 죽을 건데 난 그냥 돈을 내 맘대로 쓸란다."

인생을 포기한 사람의 말이었다. 사람이 어떻게 저런 말을 할까? 결국 무한의 실망감을 안겨 주었다.

아버지를 제외하고 온 가족이 모여 이야기를 나눈 결과, 실업 급여를 아버지가 사용하는 것에 대해서 그냥 놔두기로 했다. 세상 떠나기 전에 절망감과 두려움을 떨칠 수 있다면 그냥 선물로 드리는 거라고 생각하기로 했다.

하지만 하늘은 아버지를 허락하지 않았다. 어느 날 친구와 경마장을 다녀온 아버지는 현관문 비밀번호를 기억하지 못하고 계속 다른 번호를 입력하고 있었다. 그리고 오른쪽 몸에 곧 반신마비 증상이 나타났다. 평소 100명이 넘는 사람들의 전화번호를 외우고 다니던 아버지가 이상해지고 있었다. 암 선고를 받았을 때도 태연했던 아버지는 사라지고 점점 다가오는 죽음에 두려워 떨고 있는 불쌍한 남자로 다시 태어난 거 같았다. 낙관적인 그의 성격도 더 이상 현실을 부정할 수 없었다.

아버지를 모시고 병원으로 향했다. 여러 검사 끝에 뇌에 암세포가 전이되었음을 알 수 있었다. 중풍에 걸린 사람처럼 변해 버린 아버지는 다시 병원에 입원해야 했다. 항암 치료를 받을 때 했던 병간호가 아닌 대변과 소변 그리고 식사까지 옆에서 도와야만 했다. 옆에 누가 없으면 스스로 할 수 있는 것은 하나도 없었다.

어느 날 밤에 무엇을 찾기 위해서 핸드폰 라이트 켜고 침대 주변을 비추던 중 침대에서 조용히 울고 있는 아버지를 보았다. 눈물은 소리 없이 얼굴을 타고 베개로 떨어지고 있었다.

'얼마나 두려울까?'

삶에 대한 후회와 함께 암을 감당하지 못하고 무너지고 있는 것 같았다. 선생님은 보호자 면담을 요청해 왔다. 장담은 못 하지만 뇌종양을 제거하는 수술을 해 보자는 거였다. 만약 수술이 잘 된다면 증상이 많이 호전될 수도 있다고 하였다.

큰 수술이었기에 바로 결정을 내릴 수가 없어 입원을 더 하기로 했다. 하지만 시간이 흐를수록 아버지의 증상이 심해질 뿐 아니라 나 또한 병간호하는 동안 많이 지쳐 있었고 그로 인해 평생 가슴에 남을 불효를 했다. 그 행동에 대한 죄책감은 나중에 밀려왔다.

수술 결정으로 대기하면서 아버지는 혹여 실업급여를 받지 못할까 봐 계속 걱정을 했다. 구직활동을 증명하는 서류를 제출해야 하는데 입원으로 할 수가 없었다. 불안해하는 아버지 때문에 결국 병원 외출까지 신청해서 밖으로 나왔다. 구직활동 접수를 위해 집에 잠시 들려서 신분증을 찾았다. 하지만 한 시간을 넘게 찾아도 나오지 않았다. 아버지는 절망과 다급함으로 초초해 하며 불편한 몸을 이끌고 계속해서 집을 구석구석 뒤지고 있었다.

나는 아버지께 포기하라고 나중에 다시 찾아보자고 말을 하였다. 이미 외출 시간을 거의 사용했기에 돌아가야 한다고 설명도 했다. 하지만 아버지는 절대 멈추지 않았다. 너무 화가 나서 충동적으로 아버지를 질질 끌고 계단을 내려와 억지로 차에 태워서 병원으로 출발했다. 불편한 마음에 운전 중 백미러로 아버지를 보았는데 아버지는 소리 없이 울고 계셨다. 나는 그 모습조차 화가 나서 왜 우냐고 더 큰소리로 다그쳤다.

"내가 뭘 그리 잘못했다고…. 그렇게 내가 밉냐."

아버지는 나지막한 목소리로 내게 말을 하였다. 얼마나 내가 미웠을까? 그렇게 말하는 아버지에게 아무런 대답도 하지 못했다. 경솔한 행동에 미안한 마음이 들었지만 표현할 수 없었다. 아버지는 병원에 도착하자마자 침대에 누워 아무런 말도 없이 잠이 들었다. 나는 그 옆에 조용히 앉아서 아버지를 바라보았다. 아버지 다리에 멍이 들어 있었다. 계단을 내려올 때 다친 것 같았다. 상처받았을 마음을 생각하니 한없이 마음이 무거웠다. 다음 날 아침이 돼서 아버지는 입을 열었다. 수술이 잘 못되어도 좋으니 하고 싶다고 하셨다. 아마도 어제 일로 많은 상처를 받아 결정을 앞당긴 것만 같았다.

수술 결정을 내리고 며칠이 지나자 모든 병원이 그렇듯이 보호자를 불렀다. 수술에 동의하며 잘못되는 사항에 대해서 감수한다는 내용의 서명을 받기 위해서였다. 서명할 때마다 마음이 불편했다. 무언가 잘못되면 병원은 우리를 외면할 것만 같았다. 그리고 최종적으로 서명한 사람에게 책임을 떠넘기는 것만 같았다.

모든 절차를 마치고 우리 가족들은 무거운 마음으로 아버지를 수술방으로 보냈다. 수술방으로 들어가기 전에 우리에게 손을 흔들던 아버지는 문 뒤편으로 사라졌다. 오랜 시간이 걸리는 수술인 만큼 나는 다음 날 출근을 해야 하는 어머니와 동생도 집으로 돌려보냈다. 가족들을 배웅하고 나는 병원에 가만히 앉아 있을 수가 없었다. 그동안 억눌려 있던 무엇인가 미친 듯이 표출될 거 같은 마음에 밖으로 나와 공원을 걷고 또 걷기 시작했다. 눈물이 끝도 없이 흘러내렸다.

'사람은 어디까지 이기적일 수 있을까?'

어쩌면 마지막일지도 모르는 그 밤 속에서 그동안 아버지를 원망하며 보낸 세월이 후회되기도 했다. 없는 형편에 유학이나 주택을 매수하면서 내 삶만을 준비한 이기적인 나의 모습에 한없이 죄책감이 들었다. 그리고 신기한 것은 마지막이 될지도 모르는 이별 앞에서 어린 시절 가족 여행을 비롯한 추억들이 내 머릿속을 스쳐 지나갔다. 낚시를 좋아했던 아버지를 따라 강물을 바라보며 수다를 떨며 함께 보낸 시간도 기억났다. 가장 행복했던 여행으로 서해 여름 여행도 있었다. 아버지와 함께 수영했던 기억과 텐트에서 모기와 사투를 벌이며 잠을 잤던 달콤한 기억들이었다.

5살 어린 동생이 태어나고 어머니 몸조리로 할머니가 집에 오셔 잘 곳이 없어 아버지와 함께 옥상에서 침낭을 깔고 별을 보면서 잠을 잤던 추억은 나를 더욱 슬프게 했다. 모든 기억들은 아버지가 나를 얼마나 사랑했는지 말해 주고 있었다. 내 머릿속은 행복한 추억들로 가득 채워지고 있었다.

'부모와 자식의 인연을 어떤 문장으로 표현할 수 있을까?'

한 가지 확실한 것은 태어남에 대한 선택은 자식의 것이 아니라는 것이다. 완벽하게 부모의 행동이 원인이 된 결과이고 선택은 부모가 한 것이다. 잠깐의 쾌락이든, 사랑이든, 실수였든 아기가 태어나면 그때부터 책임감은 말로 표현할 수 없다. 그 느낌은 부모가 되어본 사람만 느낄 수 있을 것이다.

가족 여행

한참이 지난 후 아버지는 마취 상태로 병실로 올라왔다. 머리에는 큰 수술 자국이 있었다. 얼마나 큰 수술이었는지 100m 떨어진 사람도 확인할 수 있을 정도였다. 무슨 잘못을 했는지 그건 중요한 것이 아니었다. 짧은 시간 동안 3가지에 감사했다.

첫째, 우선 수술이 잘되었다는 것이다.
둘째, 다시 아버지를 볼 수 있다는 것이다.
셋째, 증오와 미움의 감정도 바로 사랑이었다.

바로 전화를 걸어서 어머니와 동생을 병원으로 오게 했다. 몇 시간이 지나서 아버지는 눈을 떴고 기적과 같은 일이 벌어졌다. 마비 증상은 완벽히 사라졌고 기억력도 돌아왔다.

솔직히 암 진단을 받고 바로 지금까지 의사들에 대한 수많은 감정이 새로 생겨났다. 좋은 감정은 아니었다. 기계적으로 환자를 대하는 모습과 친절하다는 느낌보다는 약간 불편한 느낌을 더 많이 받았다. 드라마와 같은 그런 의사는 존재하지 않을 수도 있다. 하지만 이번에는 너무도 감사하고 고마웠다. 불신은 믿음으로 변하고 있었다.

'의사 선생님이 사람을 살릴 수 있구나! 혹시 암도 치료할 수 있지 않을까?'

나도 모르는 사이에 많이 기대고 있었다. 잠시 후에 가족들이 병원에 찾아왔다. 다들 기뻐하는 모습이었다. 아버지는 다시 밝은 모습으로 돌아왔다. 하루 전만 해도 새벽에 혼자 눈물을 흘렸는데 그 사람은 사라져 버린 거 같았다. 더불어 나 또한 죄책감과 병간호로부터 해방감 된 느낌이었다.

아버지는 나에게 깨달음을 주기도 했다. 소중한 시간이 얼마 남지 않았고 다시 주어진 것 같은 이 순간을 헛되게 보내고 싶지 않았다. 원망, 증오, 미움의 단어들은 모두 사라지고 있었다. 대신 부모의 사랑이라는 소중함이 자리 잡았다. 나 자신 그리고 세상에 남게 될 가족들에게 새로운 시간을 선물 받은 것만 같았다. 아버지의 퇴원과 동시에 남은 휴가를 다 써서라도 가까운 곳으로 여행을 가기로 결심했다. 아버지 머리에 남은 큰 수술 자국은 매 순간 마음을 아프게 했다. 모자를 사드리고 우리는 여행을 떠났다.

어색한 시간이었다. 사실 가족 여행은 이번이 처음이 아니다. 아버지가 아프기 전에 내가 몇 번 주도하여 여행을 떠난 적이 있다. 하지만 아버지는 늘 바쁘다고 열외 했다. 어머니 모시고 다녀오라고 할 뿐이었다. 솔직히 서운한 감정보다는 그냥 함께 시간을 보내는 것이 더 어색할 수도 있으니 두 번 이상 물어보지도 않았다. 하지만 이번에 조수석에 앉아 있는 아버지는 행복해 보였다. 항상 듣던 이야기지만 아버지 형제들에 대한 불평을 시작으로 석유 장사할 때 전단지를 잘 만들어서 매출이 올랐다는 이야기 등을 끝없이 이야기하셨다. 뒷좌석에는 조용히 앉아서 창밖을 바라보는 어머니와 동생이 앉아 있었다. 아버지는 끊임없이 과거로 혼자 시간 여행을 하고 있었다. 지인한테 소개받은 깊은 산 속에 위치한 황토집 펜션에 도착했다.

삶을 즐길 여유보다 생존을 위해 발버둥 치면서 살던 우리 가족은 노는 방법도 모르는 사람들이었다. 짐이라고 할 것도 없는 것들을 황토방에 옮겨 두니 주인집 아주머니가 오셔서 아궁이에 불을 피웠으니 따뜻할 거라고 말해 주셨다. 아버지가 아프다는 것을 말씀드리니 아랫목에 솔잎으로 자연 침대를 만들어 주셨다. 거기에 누워서 땀을 빼면 몸이 한결 가벼워질 거라고 하셨다. 아버지를 모시고 방에 들어가서 자리를 안내하고 눕게 해 드렸다. 저녁 준비할 테니 잠시 눈 좀 붙이라고 하고 방을 나왔다.

동생과 함께 숯을 피우고 저녁 준비를 했다. 한 시간쯤 지나 아버지가 땀에 흠뻑 젖은 모습으로 나오셔서 말했다.

"이거 너무 좋다. 너희들도 들어가서 좀 누워 봐."

정말 오랜만에 아무런 방해 없이 산속에서 별을 보며 가족끼리 식사를 했다. 행복을 느끼는 듯 아무런 말없이 음식을 먹던 중 어머니가 말을 꺼냈다.

"좋지? 가족이랑 시간 보내니까 어때요?"

아버지는 고개를 끄덕이며 말하셨다.

"좋네."

표정에는 평온함이 묻어 있었다. 아버지도 알고 있었다. 이 시간이 정말 마지막일지도 모른다는 것에 대해서 누구보다 잘 알고 있는 듯했다. 내 소주잔은 그간의 서러움을 달래듯 비워지고 술기운이 올라오고 있었다.

"아빠는 아무런 걱정도 안 됐어? 그동안 왜 간섭도 참견도 안 한 거야?"

술기운을 빌려 내가 물었다.

"그건, 네가 다 알아서 잘하고 있으니까, 내가 뭐 그다지 할 수 있는 게 없더라고."

충격적인 답변이었다. 칭찬처럼 들리지만 왠지 모를 원망처럼 들리기도 했다. 아들인 내가 어른 흉내를 내며 아버지가 서 있을 자리를 뺏어 버린 것은 아니었을까? 아버지를 원망하기 전에 나의 오만함이 한 남자를 겉돌게 한 것일 수도 있다는 생각에 미안했다. 나도 모르게 눈물이 흘렀다.

"아버지에게 서운했다고, 너무도 태평해 보이는 아버지가 원망스럽고 미웠다고…."

적막이 흐르고 아버지는 말했다.

"네가 잘해 줘서 정말 고마웠고 든든했어."

어느 정도 시간이 지나자 아버지가 막걸리 한 잔이 마시고 싶다고 하셨다. 간암 환자인 것을 떠나서 안 된다고 거절할 수 없었다. 오늘은 한 잔 드려야만 했다. 암이 뇌로 전이되기 전에는 그래도 나을 수 있다는 약간의 희망을 품고 있었다. 그래서 한동안 아버지에게 담배도 피우지 말고, 술도 먹지 말라고 강요하면서 잔소리를 했다. 그러던 어느 날 밤, 집 주차장 구석에 한 남자가 꾸부정하게 벽을 보고 앉아 있는 것을 보았다. 바로 아버지였다. 다급하게 무엇을 숨기는 듯했다. 바로 막걸리였다. 안주도 없이 혼자 숨어서 마시고 있던 것이다. 얼마나 눈치가 보였으면 저리도 초라하게 그러고 있을까 하는 생각이 들다가도 차갑게 말했다.

"마시지 마요, 얼른 올라가세요."

남은 막걸리를 매정하게 바닥에 버렸다. 그런 아버지가 큰 고비를 넘기고 이렇게 가족 여행에 함께하고 있다니… 기쁜 마음으로 한잔 따라드렸다.

"맛 좋다, 오늘따라 참 더 맛있네."

막걸리 한잔에 입가에 웃음을 머금고 먼 산을 바라보는 아버지의 모습은 참 행복해 보였다. 죽음과 친구 사이가 되고 마시는 막걸리의 맛은 어떨까? 아버지는 수천 번도 더 들었던 인생의 성공할 뻔했던 이야기를 해 주셨다. 반대로 말하면, 성공하지 못한 실패의 경험들을 말해 준 것이다. 너무도 많이 들은 이야기기에 다들 건성으로 흘려들었다. 결말은 언제나 뻔한 후회 덩어리인 이야기였다.

분명히 남들에게 피해 주지 않고 성실히 착하게 살아온 아버지였다. 반평생 인생에 성공의 기회는 분명히 있었을 텐데 무엇이 성공에서 실패의 엔딩으로 만든 걸까? 꼭 본인처럼 살지 말라고 자식들에게 해 주는 인생 수업처럼 느껴졌다. 여행을 통해 아버지를 다시 생각할 수 있었다.

철없고 자기만 안다고 생각했던 남자도 부모였다. 스스로 알아서 잘해 온 자식에게 고마워하고 있던 것이다. 아버지와 어머니는 간섭하며 닦달하기보다는 옆에서 묵묵히 지켜봐 주는 그런 분들이었다. 그것이 가장 현명한 것이라는 것을 두 분 다 알고 있었을 것이다.

사춘기 시절, 자퇴를 하고 나서 부모님이 간섭을 했다면 내 인생은 상당히 삐뚤어진 길로 계속 향했을 것이다. 오히려 어떤 행동을 해도 그냥 믿어 주는 부모님의 방식은 나를 성찰하고 스스로 실수를 깨닫게 하는 완벽한 가르침이었다.

서로에게 상처가 아닌 위안과 격려를 해 주는 따뜻한 밤을 보내고 우리 가족은 행복한 잠자리를 가졌다. 항상 오늘처럼 가족의 향기가 넘치는 날이 계속되면 얼마나 좋을까? 그럴 수 있는 시간이 모자란 것이 그저 안타까울 뿐이었다. 아침에 눈을 떠보니 아버지와 어머니가 보이지 않았다. 걱정되는 마음에 밖으로 나와서 찾아다녔다. 한참 뒤에 저 멀리 산속에서 두 손을 잡고 걸어 내려오는 두 분의 모습을 보았다. 어색한 장면에 당황스러우면서도 얼마 남지 않은 시간을 통해 부부의 인연을 조금씩 정리하고 있는 부모님을 느낄 수 있었다.

어린 시절, 행복해 보이지 않는 부모를 지켜보면서 자식 때문에 어쩔 수 없이 사는 그런 흔한 부모처럼 느껴졌지만, 이혼 가정이 되는 것은 싫었다. 그 누구도 잃고 싶지 않은 마음이 더 컸던 것 같다.

하지만 어른이 되고 시간이 지나 돌이켜 보니 부부 관계의 사랑이란 해석하고 이해하기 너무 어려운 삶의 일부처럼 여겨졌다. 두 손을 잡고 밝은 표정으로 걸어오는 모습은 누가 봐도 다정하고 행복한 중년의 부부의 모습이었다.

그 사람은 만났니?

기억을 되돌려 보면 정말 어이없는 일도 많이 했다. 부모님은 중학교 때부터 집에 친구들을 불러서 술을 마시는 것을 허락해 주셨다. 아버지는 늦게 들어오고 어머니는 밤에 식당일을 하시기 때문에 집은 늘 비어 있었다. 가끔은 술을 직접 사 주시기도 했다. 안주를 만들어 주고 일을 나가시는 경우도 있었다. 덕분에 밖에서 사고를 치거나 더 나쁜 길로 빠질 틈이 없었다. 그로 인해 소소한 추억을 쌓을 수 있었다. 주변에서 이런 부모님을 이해 못 하는 사람들도 있었지만 나에게는 자랑처럼 느껴졌다. 나를 믿어 주고 이해해 주는 유일한 사람들은 부모님이었다.

고등학교 1학년 여름방학 때 나는 부산을 내려가기로 결심했다. 중학교 때 채팅으로 연락했던 누나가 있는데 지금은 연락이 안 되지만 한 번은 직접 얼굴을 봐야 할 거 같다고 말했다. 어머니는 아버지에게 이야기해 보겠다고 했다.

"채팅이었다며… 계속 생각이 나? 만나야겠어?"

모르겠다고 근데 꼭 한 번은 직접 만나 보고 싶다고 했다. 그 말에 부모님은 다녀오라고 허락하셨다. 부산 어디로 가는지 물어보지도 않았다. 돈도 주지 않았다. 물론 달라고 한 적도 없었다. 3년 전에 받은 스티커 사진 한 장만을 들고 혼자 부산에 내려가서 당시 다니던 학교 배경을 토대로 별짓 다 해가며 찾고 또 찾았다. 아는 사람 하나 없는 곳에서 사람을 찾는 일은 쉽지 않았다. 돈이 떨어지자 나중에는 학교 벤치에서 잠을 자기도 하고 우연히 알게 된 사람에게 신세를 지며 교회에서 잠을 자기도 했다. 내가 부산에 내려가는 것을 알고 있던 친구 중 한 명은 힘들어하는 나를 돕겠다고 부산까지 내려오기도 했다. 현지에서 나를 도와주겠다고 하는 사람들도 만날 수 있었다. 여러 사람의 도움으로 3주의 시간이 지났을 무렵 많은 단서를 찾을 수 있었다. 확실하지는 않지만 다니고 있을 것으로 추정되는 고등학교도 찾았다. 방학이었지만 야간 자율 학습을 한다는 것을 확인하고 친구와 부산에서 알게 된 지인들과 함께 무작정 학교를 찾아갔다. 우리는 야간 자율 학습을 마치고 내려오는 사람들에게 물어보기로 계획을 세웠다. 늦은 밤 교문이 열리고 내려오는 학생들을 붙잡고 묻기 시작했다.

"혹시 ○○○ 아세요?"

대부분 모두 모른다고 하고 그냥 지나갔다. 지쳐서 포기할까 생각도 했다. 이렇게 사람을 찾는 일이 힘들 줄 몰랐다. 지쳐서 쪼그리고 앉아 있는데 갑자기 어느 학생이 우리에게 다가왔다.

"그 친구가 찾지 말라고 돌아가라고 전해 달래요."

결국 우리가 찾고 있다는 게 소문이 난 것 같았다. 제발 보게 해 달라고 애원하지 않았다. 이 정도면 충분히 됐다고 생각했다. 채팅으로 만나서 밤새도록 수화기를 붙들고 통화했던 그 소중한 추억이면 충분했다. 보고 싶지 않다는데 억지로 보는 것은 그 추억을 망치는 것 같았다. 그래도 결국 찾은 것과 마찬가지였기에 단념하고 서울로 올라갈 수 있었다.

서울역에 도착하니 비가 미친 듯이 내리고 있었다. 아들 걱정은 하나도 안 하는 부모님이 서운하기까지도 했다. 3주 동안 외박을 하고 집에 돌아온 아들에게 두 분은 웃으면서 말했다.

"찾았어? 후회했지? 그런 만남은 그냥 두는 게 가장 아름다운데……."

아무런 설명도 하지 않고 엄마에게 빨리 밥을 달라고 했다. 오랜만에 먹는 집 밥은 꿀맛이었다. 얼마나 그리웠는지 모른다. 당시 그런 시절을 통해 어른으로 조금씩 성장하고 있었다. 스스로 선택하고 책임지는 행동을 배우고 있었다. 내 옆에는 언제나 너그럽게 자식을 믿어 주는 든든한 부모님이 있었기 때문이다.

아들, 신발 사 줄까?

다 함께 저녁을 먹고 이야기를 나누며 시간을 보내는 평범하면서도 행복한 시간이 한동안 계속되었다. 아버지가 거실에 있는 시간이 늘어났다. 그동안 무엇이 그리 바빴는지는 중요하지 않았다. 서로가 말은 안 했지만 이 시간을 즐기기로 한 것 같았다. 아버지에게 물었다.

"혹시… 캐나다에 가서 살 수 있으면 좋을 거 같아요?"

아버지는 망설임 없이 대답했다.

"좋지, 그 나라 한번 가보고 싶었는데… 살기 좋은 나라잖아."

아버지는 내가 물어보는 이유를 알고 있었다. 그 당시 여자 친구는 캐나다 사람이었다. 교제한 지 1년 정도 지난 시점이었다. 물론 아버지가 입원했을 때 병문안을 온 적도 있었다. 아버지와 어머니 두 분은 꼭 한국 여자를 만나야 한다고 말한 적이 없었다. 그리고 나도 모르게 외국인과 결혼해서 이 지겨운 현실을 벗어나고 싶다는 꿈을 꾸고 있었다. 그렇게 캐나다로 가서 모든 것을 잊고 살고 싶었다. 아버지도 아들이 그렇게 살기를 바라는 것만 같았다.

얼마나 열심히 영어 공부에 매달렸는지 아버지도 알고 있었다. 되돌아 생각해 보면 고등학교 자퇴가 나에게 영원한 갈증을 준 것 같다. 군에서 영어 공부를 하면서 많은 희망을 꿈꾸었다. 토익이나 어학 성적에 집착하기보다는 회화를 잘하고 싶었다. 그래서 군사 영어반이라는 6개월의 교육 기간이 가장 행복했던 순간이었다고 생각한다. 그 순간을 지속해서 살고 싶었다. 그 시간으로 인해 교육을 마치는 순간에 유학 휴직이라는 중대한 결심을 할 수 있었다. 군 생활에는 치명적인 결정이었지만 멈출 수가 없었다.

영어 회화를 하면서 자유를 느꼈다. 외국인과 영어로 대화할 때면 또 다른 나의 인격이 대화하는 것 같았다. 그리고 사회에서 그동안 하지 못한 말들을 해도 될 것만 같았다. "임금님 귀는 당나귀 귀"라고 말할 수 있는 특권이 생긴 그런 새로운 발견이었다.

유학 휴직은 무급이기 때문에 저렴한 필리핀으로 어학연수를 가기로 했다. 태어나서 처음으로 해외에 가는 것이었다. 주변 친척 누나들은 이런 몸부림이 가여웠는지 출국 전에 몰래 용돈을 챙겨 주었다. 그 당시 아버지는 아무런 말씀도 하지 않았다. 잘 다녀오라는 말도 어디로 가냐는 질문도 없었다. 모든 결정과 책임은 언제나처럼 나에게 있었다. 출국 하루 전날, 여러 가지 준비로 정신이 없는데 한 통의 전화가 왔다. 아버지였다.

"아들, 아빠가 신발 사 줄게."

통명스럽게 말했다.

"안 그래도 어제 하나 샀어요."

알았다고 하면서 전화를 끊으셨다. 순간 웃음이 나왔다. 어릴 적 계절이 바뀔 때마다 가족들은 손을 붙잡고 운동화 매장으로 갔다. 스포츠 브랜드 매장이 일렬로 있는 대학가였다. 그때마다 항상 설레었다. 다른 것은 몰라도 아버지는 항상 비싸고 좋은 신발을 사 주셨다. 그런데 왜 그렇게 신발에 집착했는지 알 수가 없었다. 중학교에 입학하면서 돈을 주면 내가 알아서 사겠다고 제안을 하면서 가족들의 신발 나들이는 끝이 났다.

아버지가 그토록 신발에 집착하셨던 이유에 대해 어머니께 여쭤봤다.

"아버지는 왜 그렇게 신발에 집착한 거예요?"

"그건 네 아버지가 신발이 좋아야 꽃길을 걸을 수 있다고 믿고 있기 때문이란다."

아버지가 어릴 때 좋은 신발을 신고 다니는 주변 사람들이 부러웠다고 어머니께 말했다고 한다. 순간 가슴이 뭉클해졌다. 그래서 유학 전날에 전화해서 신발을 사 주겠다고 한 것이다. 시간이 지나고 나서 생각해 보니 그 사랑이 고스란히 느껴졌다. 한심하고 불필요하다고 생각했던 모든 것들이 아쉬움과 후회로 돌아왔다. 그때 아버지 전화를 받았을 때 신발을 사 달라고 해야 했다. 당시에는 느끼지 못한 작은 일들이 나를 힘들게 하기도 했다. 추억은 예고 없이 찾아오곤 했다.

가족 여행 이후에 아버지의 몸 상태는 좋아 보였다. 간암 항암 치료 그리고 뇌종양 제거 수술을 받은 상태였고 시한부 판정을 받은 지 벌써 7개월이라는 시간이 흘렀다. 의사 선생님이 절대 2년은 넘기지 못할 거라고 말했을 그때는 2년이라는 시간 동안 충분히 아버지를 용서하고 보낼 준비를 할 수 있을 거라고 생각했다. 하지만 누군가를 보내는 시간에 '충분'이라는 것은 없다는 사실을 미처 알지 못했다. 그리고 시간이 정말 빠르다는 것을 다시 한번 실감했다. 언제나 뒤늦은 후회를 하지만 시간은 절대 되돌아오지 않는다. 우리 가족들은 후회 속에 살고 있는 느낌이었다.

종양 제거 수술을 한 지 두 달이 지나고 동네 친구를 만나러 가겠다고 나가신 아버지는 한참이 지나도 돌아오지 않았다. 걱정돼서 전화했지만 전화도 받지 않았다. 국외 군사 교육 출국 준비로 정신없는 상황이었기에 잠시 나가 일을 보고 저녁쯤 집에 도착해 보니 아버지의 차 앞이 심하게 찌그러져 있었다. 집에 올라가서 아버지께 물었다.

"사고 났어요? 차가 왜 그래요?"

대답이 없었다. 그냥 텔레비전만 보고 계셨다. 그냥 실수했을 거라고 생각했다. 그리고 다음 날 밖을 나간 아버지에게 전화가 왔다. 차 사고가 났는데 와 줄 수 없냐는 다급한 아버지의 목소리에 서둘러 현장으로 이동했다.

도착해서 확인하니 운행 중에 접촉 사고가 난 게 아니라 골목에 주차되어 있는 차량을 박은 것이었다. 보험 회사를 불러 처리하고 아버지를 모시고 집으로 왔다. 궁금했다. 방어 운전으로 30년 동안 무사고를 자랑했던 사람이 연달아 사고를 낸 것이다.

"왜? 뭐가 이상해요? 말을 해 봐요. 그래야 병원을 가죠."

"눈이 좀 이상한 거 같아. 보이는 게 뭔가 이상해."

아버지를 모시고 바로 병원으로 갔다. 불안한 느낌이 감돌았다. 수술도 잘 되었고 한동안 건강해 보였다. 음식도 잘 드시고 잠도 잘 자고 가끔은 멀쩡한 거 아닌가 하는 생각마저 들 정도였다. 그런데 갑자기 이상하다고 하는 말에 너무도 불안했다.

병원에 도착해서 초조하게 기다리는 아버지의 모습을 보니 내 가슴이 먹먹했다. 불쌍해 보였다. 사람이 아프니 저렇게 초라해지는구나 하는 생각이 들었다. 아버지는 좋은 사람이었다. 주변에 친구들에게 전화가 끊이지 않았다. 항상 붙어 다니는 친구도 있었고, 직장 동료도 있었다. 하지만 지금 곁에는 오직 가족만 남아 있었다.

입원 초기에는 친척들이 병문안을 오고는 했지만 조금씩 시간이 지나면서 다들 그렇게 일상으로 돌아갔다. 가끔 나에게 전화를 걸어 안부를 묻는 사람이 있으면 왠지 모르게 고맙게 느껴졌다. 아무리 좋은 대인 관계를 가지고 있더라도 죽어가는 사람은 그저 죽어가는 사람이었다.

암 환자들이 주로 오는 병원이기에 병원 대기실의 분위기는 더욱 차가웠다. 아무런 표정 없이 멍하니 텔레비전을 보고 있는 아버지를 옆에 두고 나는 조용히 과거로 추억 여행을 했다.

단칸방의 추억들

가난한 환경에서 태어난 부모님은 가진 것 하나 없이 동거를 시작했다고 한다. 그리고 내가 5살이 되던 해 결혼식을 올렸다. 그전까지 반지하 단칸방에 살았다. 그 계단들… 그리고 단순하지만 특이한 집의 구조가 어렴풋이 기억이 난다. 벽 한쪽에 시멘트가 의자처럼 나와 있었다. 장롱 속에 오래된 앨범에서 어린 내가 그곳에 올라가 세상을 다 가진 것처럼 웃고 있는 사진도 보았다. 아마 그곳에서 밝은 장밋빛 인생을 꿈꿔 왔을 것이다.

그리고 반지하 단칸방에서 지상으로 이사를 했다. 지상으로 올라왔다고 하지만 여전히 단칸방이었다. 주인집이 옆에 있고 그 옆에 조그만 문으로 들어가면 우리 집이 있었다. 연탄보일러와 한 명이 겨우 서 있을 수 있는, 주방인지 보일러실인지 구분이 안 되는 곳에서 씻고 음식도 해야 했다. 어린 나이에 주인집이 마냥 부러웠다. 그중 가장 큰 이유는 집 안에 화장실이 없었기 때문이다.

화장실은 작은 문을 나와서 옥상으로 올라가는 계단 옆에 있는 더 작은 문으로 들어가야 했다. 수세식도 아닌 밑을 바라보면 여름에는 구더기가 몇백 마리씩 있었다. 어렸던 나는 화장실을 갈 때마다 너무 무서워서 어머니를 데리고 가서 문 앞에 경계를 보게 했다. 마음 같아서는 같이 들어가자고 하고 싶었지만 절대 두 명이 들어갈 수는 없는 작은 공간이었다.

그 하얀 밥풀같이 생긴 구더기들이 나를 공격할 것 같아 무섭고 싫었다. 그래서 어느 날 아버지의 라이터를 들고 화장지에 불을 붙여서 구더기와 전쟁을 했다. 그 결과, 전쟁은 나의 승리였고 나의 승리는 우리 부모님의 패배였다. 화장실이 불에 타버렸고 주인집 아줌마에게 연거푸 고개 숙이며 같은 말만 반복하는 부모님을 보았다. "죄송합니다. 죄송해요. 저희가 변상할게요."

얼마 후 동생이 태어났고 어머니 몸조리를 도와준다고 친할머니가 집에 오셨다. 다 같이 자기에는 집이 너무 좁았기에 나와 아버지는 어쩔 수 없이 밤마다 침낭을 들고 옥상으로 올라갔다. 아버지와 나란히 누워 별을 바라보며 잠들던 일주일 동안 혹여나 내가 무서워할까 봐 여러 이야기를 해 주셨던 기억이 난다. 여름이 끝날 무렵이었기에 춥지는 않았으며 다행히 비도 내리지 않았다. 어린 마음에 잠시 동생이 밉기도 했다. 그래도 학교를 마치고 집에 오면 동생을 보면서 포근한 분위기를 느끼기도 했다. 며칠이 지나자 밖에서 자는 것도 익숙해져서 잠도 잘 왔다.

나는 이때를 '옥상 캠핑'이라고 기억하고 있다. 어머니는 미안했는지 가끔 부침개를 해서 옥상으로 올려 주기도 했고 아버지랑 몰래 주인집 앵두나무를 따 먹으면서 그해 여름을 보내고 있었다. 그렇게 몇 년이 흐르고 나는 무럭무럭 성장해 갔다. 매일 밤 이불을 펴고 네 명이 눕고 나면 빈 공간이 하나도 없었다. 눕는 순서가 정해져 있었는데 문 옆자리는 아버지 자리였다. 바람이 새어 들어올 뿐만 아니라 아버지가 늦게 들어오는 날이 많았기 때문이었다. 그리고 그 옆은 내 동생이 다음은 어머니 자리였으며, 내 자리는 냉장고 밑이었다. 키가 작을 때는 상관없었지만 크고 나서는 다리를 쭉 펴고 잘 수 없게 되었다. 겨우 옆으로 구부리고 누워서 잠을 자다 보니 일어나면 다리의 감각이 없는 날도 있었다.

어린 마음에 동생을 구석으로 보내야 한다고 투정도 부렸다. 그리고 기적처럼 몇 달이 지나서 우리는 더 큰 집으로 이사를 가게 되었다. 위치도 기존 집과 가까웠다. 너무 행복했다. 가장 큰 이유는 방이 두 개라는 것이었다. 그렇게 내가 초등학교 5학년 때 내방을 처음으로 가지게 되었다. 나만의 공간이자 두 발을 쭉 펴고 뒹굴면서 잠을 잘 수 있게 되었다.

제3화

다시 찾아온 배신감

아버지의 애인

잠시 시간이 지나고 간호사가 우리를 불렀다. 아버지와 나는 의자에 앉아 최근에 일어난 증상에 대해 세부적으로 설명했다. 예상했다는 듯한 표정을 짓던 선생님이 담담하게 말을 꺼냈다.

"저번에 하셨던 종양 제거 수술 있죠? 한 번 더 받으셔야 할 거 같아요. 뇌로 다시 전이된 거 같네요. 사람마다 다른데 이렇게 전이가 빠르게 되기도 해요."

순간 너무도 당황했다. 이제 겨우 머리카락이 자라서 수술 흉터가 희미해져 가는데, 다시 머리에 주먹 두 개를 합친 거보다 큰 구멍을 내고 수술을 받아야 한다는 말이었다. 아버지를 바라보았다. 표정에는 아무런 변화가 없었다. 언제나처럼 친절하게 선생님을 바라보면서 질문에 대답을 하고 있었다. 선생님은 가족들과 상의해 보고 수술을 결정하게 되면 입원을 진행하라고 말했다.

집으로 돌아오는 길, 차 속 안의 공기는 무거웠다. 우리는 아무런 말도 하지 않았다. 이기적인 나는 수많은 생각을 하고 있었다. 몇 달 후면 미국으로 교육받으러 출국해야 하는 상황이었다. 교육 전에 어떤 상황이든 좋은 모습을 보고 떠나고 싶었다. 그래야 교육에 집중할 수 있을 것만 같았다. 하지만 모든 일은 나의 계획과 반대로 흘러갔다. 아버지는 조심스럽게 말을 꺼냈다.

"수술… 나는 한 번 더 받고 싶다. 이렇게 살 수는 없어."

대답을 피하고 운전에 집중했다. 며칠이 지나자 아버지는 기억력에도 문제가 생기고 있었다. 저번과 다른 마비 증상이 나타났다. 그리고 분노를 조절하지 못하고 있었다. 그 불안감은 당사자가 아니면 그 누구도 알 수 없을 것이다. 결국 아버지의 의견을 받아들이기로 했다. 다시 병원에 입원을 했다. 수술 일정을 잡기 위해 선생님을 만났고 이번에는 좀 오래 기다려야 한다고 했다. 다시 아버지와 병원에서 동숙하게 되었다.

왠지 모를 불안감이 찾아왔다. 아버지의 증세가 하루가 다르게 나빠졌다. 그래도 저번처럼 수술만 하면 멀쩡한 사람으로 다시 태어날 수 있다는 기대감이 아버지를 버티게 했다. 그렇게 믿고 싶었다. 조금만 참으면 된다고 생각했다.

주변에서는 나를 보고 효자라고 말을 했다. 다른 환자분들은 간병인과 함께 있는 경우가 많았는데 나는 차마 간병인을 고용할 수 없었다. 그렇게 하고 싶지 않았다. 그렇다고 너무 아버지를 사랑해서 옆을 지키고 있다고도 생각하지 않았다. 그냥 이렇게 해야만 했다. 그래야 나중에 자책하거나 쓸데없는 후회를 하지 않을 거라고 스스로를 다독였다.

저녁밥을 먹고 나면 아버지 옆에 앉아서 책을 읽었다. 아버지는 무언가 불안한지 주변 지인들과 통화를 하는 횟수가 늘어났다. 그리고 어느 날, 어떤 중년 여성의 목소리가 전화기 너머로 들려왔다. 아버지는 괜찮으니 병원에 오라는 말을 계속했다.

"어떻게 가! 아들 있다면서."

듣고 싶지 않았지만 작은 소리로 들렸다.

"아빠 친구 오라고 해도 되지?"

"… 오라고 하세요."

몇 시간이 지나고 한 여성분이 병실로 들어왔다. 단발머리에 나이는 50대 중반의 그냥 평범한 아줌마의 모습이었다. 아버지의 손을 꼭 잡으시더니 눈물을 흘렸다.

아버지의 애인이었다. 자연스럽게 인사를 했다. 아버지는 나에게 친구라고 소개했다. 아줌마는 내 얼굴을 똑바로 바라보지 못했다. 그저 "안녕하세요."를 반복할 뿐이었다. 여러 생각이 스쳐 지나갔다. 화를 내야 하는 건지, 아니면 나가라고 해야 하는 건지…. 하지만 어떤 말도 나오지 않았다. 직감적으로 자리를 피해 줘야 할 것 같다는 생각이 들었다.

두 분의 관계가 어떤 관계이고 어떤 사이인지가 중요한 것이 아니었다. 한 사람이 죽어가고 있다는 것이 현실이었다. 많은 배신감이 들지는 않았다. 만약에 아버지와 어머니가 금실이 좋은 커플이었다면, 화가 나고 끝도 없는 배신감을 느꼈을 것이다. 다행인지 불행인지 부모님은 그냥 사는 그런 사이처럼 보였다. 그것이 누구의 잘못이든 세월에 지쳐서 사랑의 감정이 우정보다도 못한 감정으로 변질되었든 크게 중요하지 않았다.

개인적으로 능력도 없고 다정하지도 않은 아버지와 사는 어머니만 불쌍해 보였다. 자식 때문에 산다는 말이 그냥 나온 말이 아닌 것은 확실했다. 한참 병실 밖을 서성이다 혹시나 어머니가 면회를 왔다가 이 모습을 보면 충격받을 것 같다는 생각이 들었다. 무심한 척 어머니께 전화를 걸었다. 전화기 건너로 낮지도 높지도 않은 톤의 목소리가 들렸다.

"아들, 무슨 일 있어?"

그냥 전화했다고 거짓말을 하면서 어디냐고 물어봤다. 어머니는 방금 일 끝나고 집에 왔다면서 아버지의 안부를 물었다. 자신을 돌볼 시간도 없이 두 아들과 아버지의 뒤에서 묵묵하게 세월을 견디고 있는 안쓰러운 사람이었다. 어머니가 병원으로 오지 않는 것을 확인하고 안심하는 마음으로 전화를 끊었다. 한참이 지나고 병실로 다시 돌아갔다. 창가 구석 침대로 걸어가는 길에 아줌마의 목소리가 들려왔다. 사랑한다고 말하고 있었다. 아버지는 미안하다고 했다. 그리고 고맙다고 하였다. 더 이상 발걸음을 옮길 수 없었다.

아버지는 그분을 의지하고 있는 거 같았다. 죽음 앞에서 더 이상

감출 것도 없이 뻔뻔해진 모습에 당장에라도 연을 끊고 싶었다. 사람이란 이렇게 이기적인 동물이구나…. 주변보다는 자신을 먼저 사랑하고 아끼는 뻔뻔한 존재가 맞다는 것을 다시 한번 느꼈다.

병실 앞 벤치에 앉아 있는데 아줌마가 내 앞에서 발걸음을 멈췄다. 내가 둘의 관계에 대해 알고 있다는 것을 알고 있는 듯한 눈치였다. 나는 말도 섞고 싶지 않아 싸늘하게 한마디 했다.

"안녕히 가세요."

아줌마는 내 앞에 하얀색 봉투를 내밀었다. 당장 돈을 꺼내서 얼굴에 집어 던지고 싶었다. 그리고 고함을 치면서 한 번만 더 나타나면 가만두지 않겠다고 말하고 싶었다. 하지만 그저 그 봉투를 바라볼 뿐이었다. 아줌마는 나에게 고맙다고 했다. 그러면서 아버지 맛있는 거 사 드리라고 말하며 손에 봉투를 쥐여 주려고 했다. 봉투를 거절하며 마지막으로 한마디를 했다.

"얼른 돌아가세요, 그리고 장례식장에서는 절대로 보지 않았으면 좋겠네요."

아줌마는 순간 당황한 표정으로 바라보며 미안하다고 말했다. 조용히 뒤를 돌아 복도로 걸어갔다. 뒷모습은 슬퍼 보였다. 하지만 다시는 그분을 보고 싶지 않았다. 내 머릿속에 남아 있는 그분의 얼굴을 당장 지우개로 지우고만 싶었다.

잊고 있었지만 아버지는 애인이 있었다. 비공식적이지만 나와 어머니는 그 사실을 이미 알고 있었다. 26살쯤 잠시 서울 집에서 부대로 출퇴근할 때가 있었다. 동생이 군대를 가서 방이 비어 있었고, 나는 직업 군인이지만 부대와 어머니 집이 무척 가까웠기에 미혼 간부지만 보고를 하고 집에서 출퇴근을 했다. 독신 숙소 생활에서 벗어나 출퇴근하면서 어머니가 해 주는 김치찌개를 먹는 저녁이 너무도 행복했다. 그렇게 출퇴근이 익숙해져 갈 무렵 퇴근하고 동네 마트에 가던 중 초저녁에 아버지가 주차를 하고 있는 모습을 보았다. 일찍 집에 온 아버지가 신기해서 차 쪽으로 걸어가는데 조수석에서 어떤 긴 머리를 한 여성분이 내리는 것이었다. 당장 뛰어가서 누군지 물어보고 싶었다. 하지만 마음과 달리 내 발은 땅에 붙어서 떨어지지 않았다. 별다른 스킨십은 없었지만 두 분의 뒷모습은 다정해 보였다.

시야에서 멀어져 가는 두 사람을 지켜만 보았다. 그리고 갑자기 심장이 빨리 뛰는 느낌을 받았다. 그 시기에 아버지에 대한 분노 수치가 끝도 없이 높았다. 군 생활 4년 차로 접어들고 있고 어머니도 열심히 일을 하는데 가정 형편은 크게 달라지는 것이 없었다. 지쳐가고 있었다. 왠지 계속 이렇게 희망 없이 살아야 하는 것만 같았다. 그래서 더욱 아버지가 원망스러웠다. 두 사람이 사라지고 난 후에도 나는 한참을 그 자리에 가만히 서 있었다. 집으로 들어갈 수 없었다. 생각할 시간이 필요했다.

동네 친구들에게 전화를 했다. 술이라도 마셔야 할 것 같았다. 다행히 한 명의 친구가 시간이 돼서 술집에서 만났다. 쓸데없는 이야기를 막 늘어놓았다. 그리고는 술에 취해 결국 내가 본 것을 친구에게 말했다. 친구는 그냥 아는 사람일 거라고 달래면서 별일 아닐 테니 걱정하지 말라고 했다. 그렇게 술을 진탕 마시고 다음 날 시체처럼 겨우 출근했지만 퇴근 전까지 머릿속에는 한 가지 생각만 계속 맴돌았다. 어머니에게 말을 해야 하는지, 말아야 하는지…. 한참의 고민 끝에 퇴근하고 아버지가 일하는 주유소에 찾아가 직접 물어보기로 결심했다.

주유소에 도착했다. 아버지를 태우고 집으로 가기 위해 잠시 들른 적은 있어도 아버지와 이야기를 나누기 위해 간 것은 처음이었다. 저 멀리 아버지의 모습이 보였다. 자동 세차 기계 앞에서 정신없이 차량의 유리를 닦고 있었다. 더 이상 주유소 쪽으로 걸어갈 수 없어 그대로 멈춰서 아버지의 모습을 바라만 보았다.

한때, 석유 소매업을 하면서 친척들에게 일자리도 주고 나름 인정받으면서 일을 했던 아버지였다. 하지만 도시가스로 난방 연료가 대체될 때 일찍 사업을 정리하지 못한 것이 화근이 되었다. 그리고 IMF를 맞이하면서 완벽한 패배자가 되었다.

아버지가 열심히 살지 않았다고 생각한 적은 없다. 항상 바쁘게 지냈고 육체적 노동으로 몸이 멀쩡한 날이 없었다. 그런데 한번 무너진 삶은 다시 회복되지 않았다. 몇 년을 계속 백수로 지내다가 아들의 협박 아닌 협박으로 동네에서 같이 일을 했던 친구 주유소에 취직하셨는데 이렇게 고생하면서 일하고 있는지 전혀 몰랐다.

가끔 아버지께 무슨 일을 하냐고 여쭤보면 대형 면허를 따서 큰 유조차로 주유소에 기름을 운반한다고 했다. 그 말만 믿고 '운전만 하면 되니까 크게 고생하지 않으시겠구나.' 싶었다. 하지만 내가 본 모습은 살기 위해서 발버둥 치는 중년 남자의 모습이었다.

사실 계획은 매우 간단했다. 아버지를 만나서 같이 퇴근을 하고 소주 한잔 마시면서 그 일에 대해 물어보는 것이었다. 남자 대 남자로 아버지의 솔직한 답변을 듣고 싶었다. 그리고 어머니께 말하려고 했다. 하지만 결국 다가서지 못하고 집으로 돌아왔다. 그리고 나의 버킷 리스트에 절대 이루지 못할 한 가지가 생겼다.

'아버지와 일대일로 밖에서 소주 한잔하면서 취해 보기.'

하지만 그 기회를 영원히 놓쳤다는 것을 나중에 깨달았다. 시간이 많을 줄만 알았다. 영원히 곁에 살아 계실 줄 알았다. 암이라는 진단은 우리 가족에게는 영원히 없을 다른 세상 이야기일 거라 생각했다.

아들은 행복할까?

시간은 기쁨과 슬픔을 가리지 않고 항상 매정하게 흘러간다. 아버지의 두 번째 뇌종양 제거 수술 날짜가 잡혔다. 나를 포함한 가족들도 조금씩 지쳐가고 있었다. 처음 수술과 다르게 다들 큰 긴장감도 없어 보였다.

아버지는 의사 선생님을 상당히 신뢰하고 있었다. 하지만 나는 매번 그들의 태도가 성의 없게 느껴졌다. 의사라는 직업의 위대함이나 생명을 구하는 일을 무시하는 것은 아니다. 의사에 대한 존경심은 있었다. 하지만 내 눈에는 그냥 돈을 벌기 위해서 일을 하는 평범한 사람들처럼 느껴졌다.

미국 출국이 두 달 정도 안 남은 상태였다. 부사관의 국외 군사교육은 장교와 다르게 교육 기간이 상당히 짧다. 내가 선발된 교육은 미국 조지아 주에 있는 보병학교에서 15주간 진행될 예정이었다. 그리 긴 시간은 아니었지만 암과 싸우는 아버지를 지켜보면서 왠지 미국으로 떠나면 다시는 아버지를 보지 못할 것 같은 불길한 생각이 매일 나를 괴롭혔다.

어느 날 밤 아버지가 밤에 자다가 새벽에 일어났다. 나를 깨우는 일이 없는 분인데 그 날은 나지막한 목소리를 내 이름을 불렀다. 눈을 뜨니 아버지가 복도로 나가자고 손짓하였다. 복도에 앉아 어디 아프냐고 물어보니 자다가 무슨 꿈을 꿨는데 기억은 나지 않지만 이상한 꿈이었다고 했다.

평생을 본 아버지지만 이상한 어색함은 항상 존재했다. 왠지 모를 거리감에 둘만 있으면 여전히 불편하게만 느껴졌다. 아버지께 한 가지를 여쭤봤다.

“아빠, 내가 지금 여자 친구랑 결혼하면 어떨까?”

여자 친구는 캐나다 사람으로 한국에서 영어 교사를 하고 있었다. 병원에 몇 번 병문안을 와서 아버지도 얼굴을 본 적이 있다. 아버지는 잠시 생각하더니 담담하게 한마디를 내뱉었다.

“너? 결혼은 할 거 같은데… 이혼도 할 거 같아.”

당황했다. 순간 아버지가 무슨 말을 하는지 이해가 안 갔다. 되물어 보고 싶었지만 그냥 넘어갔다. 지금 종양 때문에 생각 정리가 안 되는구나 생각했다.

가끔 남편 역할이 힘들고 지치는 상황이 오면 문득 아버지가 남긴 그때 그 말이 떠오른다. 아버지는 입이 무거웠다. 정말 큰일이 아니면 간섭이나 충고조차 하지 않았다. 서운하기도 했다. 어린 마음에 관심이 부족하다고 생각했다. 아니면 간섭을 할 만큼 본인의 삶이 본보기 되지 않아서 참견도 못 한다고 생각했다. 하지만 아버지는 자식에게 나약한 모습을 보이기 싫었던 것이었다.

결혼을 하고 많은 것을 깨달았다. 그 무게감은 세상 어떤 것보다 무겁고 어깨의 감각은 자식이 나이를 먹는 만큼 무뎌졌다. 삶이 힘들어서 그런 것은 아니다. 사회생활은 전쟁터였다. 수많은 일이 생겨나고 내 뜻대로 되는 일보다 남의 뜻에 따라야 하는 일이 더 많았다. 실수는 빈번하게 일어나고 때로는 나의 잘못이 아닌 것에도 책임을 지며 욕을 먹어야 했다. 퇴근할 때 그 모든 짐을 짊어지고 현관문을 들어서면 가족 모두가 그 무게에 짓눌린다고 생각했기에 감정은 버리고 항상 밝은 모습으로 현관문을 열려고 노력했지만 그것도 정말 어려운 일이었다.

아버지는 내가 외국인과 결혼을 하면 힘들어질까 봐 그렇게 말씀하셨을까? 아마도 아들의 행복을 걱정하셨을 것이다. 조금 더 평범하게 살았으면 하는 바람을 가지고 있었던 거 같다.

라떼는 말이야

아버지는 병원에 있는 동안 자신이 젊을 때 성공을 놓친 순간들에 대한 이야기를 많이 해 주었다. 악연들에 대한 원망도 포함되어 있었다. 언젠가 고모가 하시는 말이 아버지는 초등학교 다닐 때 공부하는 걸 유난히 좋아했지만, 형편 때문에 어린 나이에 공장에서 일을 했다고 했다.

그때에 대한 후회가 남아서였는지 몰라도 석유 소매업으로 어느 정도 돈벌이가 괜찮을 때 아버지는 그 육체적 노동을 하고 밤늦게 집에 와서 항상 책을 읽으시고는 했다. 조그만 스탠드를 켜고 엎드려서 백과사전이나 다른 책들을 보며 담배를 피우던 그 모습이 기억난다. 솔직히 그때는 너무 어렸기에 잘 몰랐지만 어른이 되고 사회생활을 하면서 특히, 육체노동 후 책을 편다는 것이 얼마나 힘든 일인지 지금은 알게 되었다.

아버지는 욕심이 있는 사람이었다. 자신이 똑똑하다고 믿고 있었다. 주변 사람들도 자신을 그렇게 인정해 준다고 생각했다. 가끔 보면 유식한 이야기를 하는 것처럼 느껴질 때도 있었다. 그리고 그런 오만함으로 어머니를 무시할 때도 있었다. 도시가스가 가정집에 보급되기 전에 등유 배달은 돈벌이가 괜찮았다. 돈 관리를 제대로 못해서 그렇지 만약에 재정 관리와 투자 공부를 했다면 우리 집도 중상층 이상의 삶으로 업그레이드될 수 있었을 것이다. 석유 가게의 상호도 있었다. '쌍용석유'였다. 이름에서 대기업이 생각나겠지만 로고는 그 기업의 로고가 아니었다. 아버지는 '용' 자 돌림을 쓰는 두 아들을 생각해서 2개의 '용' 그래서 '쌍용'으로 정했다고 말해 주셨다. 말통 배달은 거래처도 많았고 겨울철에는 항상 바빴다. 문제는 오토바이를 타고 배달을 했기에 넘어져 부상을 당하는 날이 많았고 그중 가장 큰 문제는 일이 없는 여름에는 겨울철에 바짝 번 돈을 모두 까먹어 버리는 것이 결정적인 치명타였다.

아버지는 몇 년간 말통 배달을 하다가 유조차를 사서 가정집 대용량 배달로 전향을 했다. 가정집 배달 홍보를 위해서는 집집마다 전단지를 돌리는 것이 유일한 홍보 수단이었다. 가끔 시간이 나면 친구들을 모아서 부자들이 사는 연희동이나 평창동에 전단지를 돌리고 용돈을 받곤 했다. 그러던 어느 날 아버지가 전단지 한 장을 가지고 와서 자랑하듯이 가족들 앞에서 말했다.

"이거 어때."

어머니와 어린 우리들은 그냥 바라만 보고 있었다. 아버지는 지금까지 이런 전단지는 없었다면서 자세히 보라고 흥분하며 말했다. 자세히 보니 한 가지 다른 점을 발견할 수 있었다. 리터당 가격을 적는 칸이 빈칸이었다. 이전 전단지는 가격이 인쇄돼서 나왔는데 이건 빈칸이었다. 아버지는 기름값이 수시로 변하기에 전단지를 주문할 때 대량으로 주문을 못 해 많은 비용이 지출된다고 했다. 이건 소비자의 알 권리를 지키며 마케팅 비용 감소를 위해서 생각한 아이디어로 업계에서 제일 먼저 생각했다고 무척이나 뿌듯해 했다. 다만 이로 인해 우리 가족들은 밤마다 전단지에 숫자 도장을 찍는 날이 많아졌다.

그로부터 한참이 지나고 아버지가 퇴근길에 큰 박스 하나를 들고 오셨다. 586 최신형 컴퓨터였다. 당시 200만 원이 넘는 아주 고가의 물건이었다. 그리고 비싼 프린터도 옆에 놓여 있었다. 웃으면서 너희 시대에는 이거 못하면 큰일 날 거라고 시간 나면 천천히 배워 보라고 했다. 덕분에 컴퓨터를 정말 열심히 배웠다. 이것저것 만져도 보고 궁금한 것이 생기면 아버지 거래처에 찾아가 사장님께 물어 보기도 하면서 대부분의 시간을 컴퓨터를 끼고 살았다. 지금 생각해 보면 컴퓨터로 하는 일에 남들보다 조금 더 자신감이 있는 이유도 모두 조기 교육 덕분인 거 같다.

그해 겨울 방학 때였다. 아버지는 나를 불러 집에 있는 프린터를 이용해서 전단지에 글자를 입력할 수 있겠냐고 물어보셨다. 자신 있게 가능할 거 같다고 하고 대답했다. 그리고 전단지 100장을 챙겨 들고 컴퓨터를 만지기 시작했다. 금방 할 수 있을 줄 알았는데 생각보다 어려웠다. 이것저것 시도한 끝에 전단지 크기에 맞춰 겨우 용지 설정을 하긴 했는데, 글자가 가격 칸에 정확하게 들어가지 않았다. 아버지 사무실에 가서 전단지 한 박스를 더 들고 와서는 밤을 새워가며 계속 인쇄를 시도했다.

아침이 다 되어서야 주무시는 아버지 옆에 한 장의 전단지를 둘 수 있었다. 그 후 아버지가 가끔 요청할 때면 주문대로 인쇄해서 드렸다. 아버지는 내가 컴퓨터를 만져서 글자 넣고 프린터를 사용할 줄 안다는 것에 뿌듯해 하며 가끔 지인들이 집에 오면 전단지 자랑과 함께 아들이 직접 인쇄해 준 거라고 허세를 부리기도 했다.

생각해 보면 아버지와 사소한 추억들이 참 많다. 나쁜 기억과 현실에 가려 보이지 않고 저 밑에 가라앉아 있을 뿐이었다.

제4화

마지막 열차 앞에서

아버지의 유언장

두 번째 수술이 하루 앞으로 다가왔다. 증상은 더 심해져서 왼쪽 몸에 마비가 왔다. 걸을 때도 불편해 보였다. 그럼에도 아버지는 불평 없이 긍정적으로 수술을 기다리고 있었다. 수술 전날 어머니와 동생이 병원에 찾아왔다. 수술 이야기를 하기보다는 일상에 대한 수다를 떨고 있었다. 아무도 수술에 대한 말을 꺼내지 않았다. 조금 지나서 사람들이 단체로 몰려왔다. 주유소 직원들이었다. 그동안 몇 분이 면회를 오시긴 했지만, 이렇게 한 번에 몰려서 온 적은 없었다. 아버지한테 이번 수술도 잘 끝내고 주유소에 놀러 오라면서 흰 봉투 두 개를 건네주셨다. 두툼한 봉투 위로 '고 부장님 힘내세요.' 라고 쓰여 있었다.

아버지는 주유소에서 자기 일이 아니어도 무엇이든 고장 나면 고쳐 주고 다른 일손이 부족하면 언제나 먼저 나서는 그런 사람이라고 했다. 손재주가 있었고 선천적으로 도와주는 것에 보람을 느끼는 사람이었다. 그래도 욕을 하는 사람들보다는 좋은 말을 해 주는 사람들이 찾아오니 한결 마음이 편했다.

또 다른 봉투에는 주유소 상호만 적혀 있었다. 주유소 사장님이 보낸 거라고 했다. 큰돈이 들어 있었다. 예전 동료이자 사장인 아저씨는 무심해 보여도 인정이 많아 보였다. 동료들이 떠나고 봉투를 열어보니 직원 명단이 들어 있었다. 얼마씩 돈을 냈는지 적혀 있었다. 다들 밖에서 힘들게 일하는데 마음을 써주는 게 너무도 감사했다.

주유소는 아직 정이 살아 있는 직장처럼 느껴졌다. 한편으로 아버지에게 작별 인사를 하는 것이 아닌가 하는 생각도 들었다. 누가 봐도 아버지의 모습은 아픈 사람이었다. 얼굴에는 '나 얼마 살지 못합니다.'라고 쓰여 있는 것 같았다.

며칠 후 병실에 수술실 침대가 들어왔다. 그 시간이 다가온 것이다. 아버지는 담담하게 침대로 옮겨갔다. 힘들게 숨을 쉬고 있는 모습이 지쳐 보이고 안쓰러웠다. 침대가 병실을 빠져나갈 때쯤 아버지는 급하게 손짓을 했다.

"종이하고 펜 좀 줘."

아무 생각 없이 노트와 펜을 침대에 옆에 놓아 드렸다. 이동하는 동안 간호사에게 수술은 얼마나 걸리는지 그리고 종이하고 펜을 사용할 시간이 있는지에 대해 물어보니 수술을 바로 하는 게 아니고 오래 대기해야 한다고 했다. 그리고 수술을 마친 후에도 응급실에서 12시간 동안 대기해야 한다고 말해 줬다. 아버지를 수술실로 들여 보내고 문득 생각이 떠올랐다.

'혹시 유서를 쓰려는 것은 아닐까?'

표현은 안 해도 아버지 또한 이번 수술이 불안했을 것이다. 불길한 생각이 계속 들었다.

'마지막 인사를 하려고 하는 것은 아닐까?'

만약에 내가 내 삶의 끝을 알고 있다면 마지막 순간에 글을 남길까? 그런데 반대로 끝을 알 수 있는 삶도 축복처럼 여겨졌다. 적어도 남겨지는 사람들에게 최소한 글이라도 남기고 자신의 삶에 대해서 돌아보는 시간을 가질 수 있기 때문이다.

암 선고 이후 지인들과 술자리를 하였다. 술기운에 여간 표현하지 않던 내 속마음을 부끄럼 없이 내비치고 있었다.

"울 아빠는 운도 좋아. 죽는 날도 알고 끝까지 자기 하고 싶은 거 다 하고 가고……."

말을 듣던 지인이 함부로 말하지 말라고 나를 혼냈다. 예민해진 나는 질문을 했다.

"만약에 삶의 마지막을 선택해야 할 수 있다면 어떨까?

첫 번째는 행복하게 자신의 원하는 모든 삶을 살고 있다가 갑자기 사고로 세상과 이별하는 삶. 두 번째는 뭐 하나 남는 것 없는 엉망인 삶이지만 암으로 마지막 순간을 알 수 있다면 어떤 삶의 마지막이 좋을까?"

친구들은 모두 당연히 첫 번째라고 말했다. 누구나 첫 번째 삶이 낫다고 선택할 것 같았다. 하지만 만약에 상황이 이렇게 달라지면 어떠할까?

첫 번째는 행복하게 자신이 원하는 삶을 살고 있다가 갑자기 사고로 이별하는 삶이고. 두 번째는 행복하게 자신이 원하는 삶을 살고 있다가 암에 걸려 삶의 마지막 순간을 알 수 있다면….

이 질문에 주변이 조용해졌다.

"갑자기 죽으면 가족은 어떻게 해?" 친구 중 한 명이 말했다. 다른 한 명은 "난 그래도 암 걸려서 고통받고 싶지 않아."라고 답했다. 술자리의 분위기가 갑자기 무거워졌다. 나는 문제 없이 잘 살았다면 그래도 갑자기 이별하는 것보다 당연히 좋은 마무리를 하고 싶을 거 같다고 대답했다. 적어도 미안했다는 말을 한다거나 실수를 바로 잡을 마지막 시간을 가지는 것이 모두에게 좋은 이별인 것 같았다.

마지막 가족사진

수술을 하는 동안의 시간은 느리게 흘러갔다. 기다리는 동안에 불안한 마음에 집에 전화를 걸었다. 동생이 전화를 받았다. 늦은 밤이었기에 어머니는 주무시고 계신다고 했다. 그리고 집에 걸려 있던 가족사진이 바닥으로 떨어졌다고… 나중에 말하려고 했는데 전화가 와서 말을 한다고 덧붙였다. 다행히도 액자가 부서진 곳은 없다고 했다.

사실 우리 집에 가족사진은 하나뿐이었다. 어릴 적 친구 집이나, 친척 집에 가면 거실에 걸려 있는 커다란 가족사진이 항상 부러웠다. 그래서 동생 고등학교 졸업식 때 가족사진을 찍기로 결심했다. 부모님께 말씀드리고 동생에게는 졸업 기념으로 양복 한 벌을 선물해 줬다. 졸업식을 더욱 의미 있게 만들고 싶었다. 아마도 내가 고등학교를 자퇴했기 때문일 것이다. 졸업식에는 아버지, 어머니, 그리고 아버지 친구분이 같이 동행했고 나는 정복을 차려입었다. 그 당시에 부사관은 장기 복무가 아니면 정복을 지급해 주지 않았다. 주변 지인들에게 묻고 물어서 어느 장교분의 정복을 빌렸다.

졸업식은 금방 끝이 났다. 학교 근처 중식 집에 가서 요리를 시켰다. 어색한 대화와 친구분의 불필요한 질문이 동생과 나에게 계속 되었다. 그분은 지금 비록 택시 일을 하고 있지만 한때는 잘 나가는 장교였다고 했다. 아버지는 그 친구분을 따르고 좋아했다. 같이 석유업에서 일할 때도 그 친구 말을 해 주면서 멋진 분이라고 소개하기도 했다.

친구분은 권위적인 말투로 사회가 만만하지 않으니 철저히 준비하고 남을 따라 하기보다는 안전한 직업이 최고라고 했다. 나에게는 이왕 군대에 간 거 말뚝 박고 영원히 나오지 말라고 조언해 주었다. 동생도 설득을 시키려는지 직업 군인은 정말 현명한 선택이라고 밥을 먹는 내내 같은 말만 계속했다. 나는 그저 고개만 끄덕이고 있을 뿐 머릿속에는 오로지 사진관에서 가족사진을 찍는 것에 대한 설렘으로 가득했다.

식사를 마치고 우리는 동네 사진관으로 향했다. 매일 보던 사진관이었지만 막상 가족사진을 찍으러 들어가니 다른 느낌이었다. 사장님은 어떤 포즈를 취하면 되는지 상세하게 지도해 주셨다. 그리고 어떤 사이즈의 액자를 원하는지 집요하게 물어보셨다. 가족사진은 순전히 나의 아이디어였다. 솔직히 다른 가족들은 별로 관심이 없었다. 나는 꼭 큰 액자를 걸고 싶어 적당히 크고 보기 좋은 사이즈를 선택했다. 하지만 사진을 찍는 내내 다들 표정이 어둡고 심각해 있었는지 사장님이 계속 웃으라고 요구를 했고 그 상황이 너무도 웃겼다.

결국 사장님의 노력으로 모두 이빨을 활짝 드러내며 함박웃음을 지닌, 행복해 보이는 한 장의 가족사진이 탄생했다. 여러 장의 사진 중에 제일 잘 나온 사진을 선택하고 결제를 하려는데 가격이 내가 생각했던 것보다 상상을 초월했다.

"원래 90만 원인데 10만 원 할인해서 80만 원에 해 줄게요. 그리고 지갑에 넣을 작은 사진 4장이랑 A4 사이즈 사진도 서비스로 인화해 드릴게요."

생각지도 못했던 금액에 순간 당황했지만 신용카드로 결제했다. 당시 하사 봉급은 95만 원으로 저축을 제외하고 25만 원으로 생활하던 때였다. 한 번에 큰 금액이 빠져나가는 것이 상당히 부담스러웠지만 사진이 잘 나와서 기분은 좋았다.

사진은 일주일이 지나고 찾을 수 있었다. 잘 나온 사진을 들고 집에 와 액자를 걸어 둘 곳을 찾아보았다. 집이 좁아서 도무지 거실에 액자를 걸 수가 없었다. 어쩔 수 없이 안방의 구석에 못질을 하고 액자를 걸었다. 적어도 사진 속에 우리 가족은 이 세상 어느 가족보다 행복해 보였다.

지난 과거를 떠올리며 초조하게 한참을 기다리던 중 아버지는 저번과 같은 모습으로 병실에서 나와 병동으로 올라왔다. 머리에는 미라처럼 온통 붕대가 감겨 있었다. 하지만 무언가 느낌이 달랐다.

첫 번째 수술이 끝나고 아버지가 깨어났을 때는 완전히 다 나은 것만 같은 모습이었다. 하지만 이번에는 호전되어 보였으나 왠지 불편해하고 어딘가 아파 보였다.

"뭔가… 잘못된 거 같아……."

아버지는 나에게 불안한 말투로 말을 했다. 의사 선생님 면담을 요청했다. 선생님은 이번에도 종양을 잘 제거했지만, 범위가 너무 넓어서 저번처럼 깔끔하게 제거된 거 같지는 않다고 했다. 증상은 호전되겠지만 빠른 시일 내에 다시 증세가 악화될 확률이 높다고 설명해 줬다. 설명을 듣는 동안 불쾌했다. 무책임한 답변처럼 들렸다.

'그런 말을 할 거라면 두 번째 수술을 권유하지 말았어야 하는 게 맞지 않나?' 하는 생각만 머릿속을 스쳐 갔다. 의사 선생님은 이후 재발하면 더 이상 수술이 불가능하기 때문에 방사선 치료를 받아야 한다고 말했다.

아버지는 며칠 후 퇴원하였다. 아버지가 퇴원하고 싶다고 해서 어쩔 수 없이 집으로 모시고 왔다. 평소 너무도 자유인으로 살았던 사람이라 병원에서 지내는 것을 무척이나 답답해했다. 나 또한 다른 선택의 여지가 없다고 생각했고 다른 가족들도 아버지와 함께 시간을 보내는 것이 좋을 거 같다는 생각을 했다.

아버지는 예전과 비교하여 밖으로 나가는 일이 현저하게 줄어들었다. 주로 TV를 보거나 그저 동네 한 바퀴 걷고 오는 날들이 많았다. 아버지에게 경마장에 가자고 전화하던 동네 친구분의 전화 횟수도 줄어들었다. 대신 아버지는 어떤 말을 선택하라고 전화로 조언해 주는 듯했다. 옆에서 지켜보는데 한심하다는 생각만 계속 들었다. 분명 경마를 포함한 도박 때문에 빚이 생겨 그 난리를 쳤는데 아직도 저렇게 좋아하는 모습을 보니 한편으로는 나도 동생도 조심해야겠다는 생각이 들었다.

부모와 자식은 참 닮았다. 가끔 아버지처럼 행동하는 내 모습을 발견하고 소름이 끼쳤다. 어쩔 수 없다. 오랜 시간 함께 생활하면서 알게 모르게 부모로부터 많은 행동을 학습하기 때문이다. 유전적인 이유도 빼놓을 수 없을 것이다.

두 번째 수술 후 아버지는 한동안 집에 주로 있었지만 몸 상태가 호전되자 일주일에 한 번 정도 친구를 만나 경마장에 다시 가는 듯했다. 우리는 매번 픽업을 오는 친구분을 싫어했다. 말기 암 환자를, 그것도 두 번이나 큰 수술을 받은 친구를 불러내 경마장에 데리고 가는 게 상식적이라고 생각할 수 없었지만 그래도 그 친구분이 오는 날이면 아버지는 무척이나 행복해 보였기에 말릴 수 없었다. 얼마 남지 않은 삶에 본인이 행복하면 그걸로 충분해 보였다.

며칠 후 친척 누나에게 전화가 왔다. 안부 전화일 거라고 생각하고 받았는데 누나로부터 당황스러운 말을 전해 들었다. 잠시 잊고 있었던 아버지의 고백을 다시 한번 확인했다. 누나는 화내지 말라고 하면서 말을 꺼냈다.

"사실 작은 삼촌이 고모와 누나들에게 전화해서 돈을 달라고 했어. 처음엔 큰돈도 아니고 해서 드렸는데 그 후로 계속 전화해서 달라고 하셔서…. 혹시나 알고 있나 해서 연락했어."

말문이 막혔다. 언제 돈을 빌렸는지 확인했더니 경마장을 갔던 날들이었다. 친척들에게 전화해서 돈을 빌려서까지 갈 거라고는 상상도 못 했다. 그냥 친구 따라서 바람 쐬러 가는 정도라고만 생각했다. 누나에게 말했다.

"고마워요, 아버지가 빌려 간 돈 나중에 다 드릴 테니 또 전화 오면 그냥 빌려주세요. 우리한테는 미안해서 그 말 못했나 보네…."

적은 돈을 빌리고 있었다. 10만 원, 20만 원…. 듣고 나니 마음이 쓰려 왔다. 그냥 달라고 솔직히 말했어도 드렸을 텐데… 아무리 지은 죄가 많다고 해도 참 안쓰러운 인생처럼 느껴졌다. 생각을 정리하기 위해서 카페로 갔다. 그리고 아버지가 의지했거나 가깝다고 느낀 친척들에게 문자를 돌렸다.

"혹시 아버지가 돈 빌려 달라고 한 적 있거나 최근에 빌려주신 거 있으면 말 좀 해 주세요."

친척 중에 몇 분은 전화가 오기도 했다. 혹시나 했는데 역시나 한 곳에 전화해서 빌린 것은 아니었다. 그나마 불행 중 다행은 돈의 액수가 적어서가 아닌 빌려주신 분들이 이전에 아버지께 신세를 졌다면서 그냥 드린 거니 신경 쓰지 말라고 위로를 해 주셨다. 그런 말을 들으니 참 고마웠다.

개인적으로 나는 어떤 사람과도 돈거래를 하지 않는다. 친동생에게도 철저하게 그런 관계를 유지했다. 아버지를 통해서 배운 것도 있지만 인간관계에 돈이 섞이는 순간에 관계의 순수함은 무너진다. 빌리거나 빌려주는 행동을 멀리해야 한다. 돈을 빌린다는 것은 그만큼 예측 없이 돈을 사용한 것으로 판단되기 때문이다.

가끔 사람들은 어쩔 수 없는 일 때문에 돈을 빌려 달라고 하지만 그 어려움도 예측할 수 있도록 관리해야 한다고 생각했다. 아버지를 보면서 저렇게 살면 안 된다고 생각한 것들이 내 속에 철저히 자리 잡고 있었다.

'만약에 정말 친한 사이라서 어렵게 돈을 빌려 달라고 말했는데 거절당하면 그들의 사이는 어떻게 될까?'

거절한 친구가 금전적으로 여유가 있는 것을 알기에 빌려 달라고 한 것인데 거절당하면 서운함 때문에 관계는 결국 멀어지게 된다. 나 또한 그런 비슷한 경험이 있었다. 등록금이 부족하다고 돈 좀 빌려 달라는 친구에게 빌려주지 않았다. 물론 빌려줄 돈은 있었다. 하지만 어떤 취미에 빠져서 돈을 쓰고 다녔는지 다 알고 있었기에 빌려주고 싶지 않았다. 친구를 아낀다면 더욱 빌려주면 안 되었다. 만약에 쉽게 빌려줬다면 그 친구는 다음에도 우선순위 없이 흥청망청 돈을 써 버렸을 것이다. 안타깝게도 우리 관계는 나의 거절을 시작으로 영원히 이별하게 되었다. 후회는 없다. 그 행동에 서운해서 떠날 친구였다면 다른 이유에서라도 분명 우정은 깨졌을 것이다. 아버지는 항상 자신의 미흡한 부분을 통해 나에게 깨달음을 주었다.

아빠가 줄 게 있다

아버지의 방사선 치료가 시작되었다. 겉보기에는 다른 치료에 비해 별로 부담 없는 것처럼 느껴졌다. 하지만 결국 그 치료가 모든 진행을 앞당긴 거 같다. 아버지는 증세가 전혀 호전되는 것 같지 않았다. 운동 신경 이상으로 운전도 더 이상 못하셨을 뿐 아니라 식사도 이전만큼 잘 드시지 못했다. 그래도 병원에 입원할 정도의 상태는 아니었다. 그때의 나는 얼마 남지 않은 출국 준비를 하는 동시에 여자 친구와 많은 시간을 보내려고 노력했다. 내가 미국으로 교육을 떠나면 얼마 후에 여자친구도 학위를 마치기 위해 캐나다로 돌아가야 했기 때문이었다. 그동안 아버지 병간호로 인해 대부분의 시간을 병원에서 보낸 미안함도 있었다. 아마 다른 여자였다면 이별 통보를 했을지도 모른다는 생각도 하였다.

카페에서 여자 친구와 데이트를 하고 있던 어느 날, 아버지에게 전화가 왔다. 다급한 목소리로 나에게 말했다.

"줄 거 있으니까 빨리 집으로 와."

무언가 기분이 좋아 보이는 목소리였다. 평소에 밝은 톤의 목소리로 전화를 하는 경우가 드물어서 급하게 카페를 나와 차를 타고 집으로 향했다. 사실 지금 생각하면 웃음이 나온다. 달리는 차 안에서 수많은 생각을 했다. 늘 나한테 무엇을 가져갔으면 가져갔지 내가 성인이 되고 받은 게 뭐가 있긴 했나? 아, 한 가지 있었다. 빚이었다. 하지만 오늘은 진짜 무언가를 준비한 목소리였다.

'아버지가 로또라도 되셨나?' 아니면 '경마장에서 억 소리 나는 돈을 따셨나?'와 같은 황당한 생각도 했다. 군인이 되고 나서 아버지의 전화는 나에게 늘 두려움이었다.

"아들, 200만 원 있니? 아빠가 급하게 필요해서……."

이유를 물으면 자동차 수리비나 기타 이상한 핑계를 댔다. 아버지는 94년에 처음 구입한 소형 자가용을 계속 몰고 다니셨다. 차는 단종되었고 도색도 엉망이 돼서 참 보기 딱했다.

군 생활 4년 차에 나는 중고차 한 대를 구입했다. 비싼 차는 아니었지만 01년식으로 상태가 나쁘지 않았다. 아버지는 가끔 내 차를 탈 때면 부러운 듯이 엔진 소리가 좋다는 식으로 말하곤 하셨다. 그래서 필리핀으로 유학 갈 때 내 차량을 아버지 명의로 바꿔서 선물로 드렸다. 물론 귀국하면 나도 차가 필요해서 다시 사야 했지만 1년 동안 그냥 세워 두는 것보다 아버지께 드리고 싶었다. 차를 받은 아버지는 미안해했지만 내심 좋은 듯 내부를 살피고 앉아 보면서 좋아하셨다. 그래서 아버지가 무언가 준다고 할 때 혹시, 자동차인가? 하는 생각도 했다.

집에 도착하자마자 아버지부터 찾았다.

"무슨 일 있어요?"

아버지는 웃으면서 흰색 돈 봉투를 건네줬다. 스스로를 몹시 자랑스러워하는 말투로 말했다.

"너 써라. 아빠가 주는 용돈이다."

집에 오는 동안에서 상상했던 것이 현실이 된 거구나 생각했다. 기쁜 마음에 봉투를 열어 보았다. 30만 원이 들어 있었다. 실망했다.

'고작 30만 원을 주려고 저렇게 허세를 부린 거구나.'

서운함을 감추고 물었다.

"이게 뭔 돈이여?"

아버지는 경마에서 일등으로 들어 왔다고 했다. 본인은 돈이 없어서 그 정도 땄지만 다른 친구분들은 정말 대박이었다면서 이야기를 줄줄이 늘어놓았다. 능력자 아버지였다. 돈 봉투를 가지고 내 방으로 들어와 의자에 앉았다. 헛웃음이 나왔다. 지금까지 그렇게 당하면서 살아 놓고 쓸데없는 기대를 하면서 여기까지 온 내가 한심스럽기도 했다. 한편으로는 '아버지에게 용돈을 받은 게 언제지?'라고 생각을 해 보았다. 잘 기억이 나지 않았다. 분명 용돈을 받았던 시절이 있었다. 아마 중학교 2학년 때까지는 가끔 돈이 필요할 때면 만 원씩 용돈을 받았던 거 같다. 30만 원은 내 생에 가장 큰 용돈이었다. 아버지도 죽기 전에 자식에게 용돈을 주고 싶었던 것이었다.

그 날 저녁 동생이 퇴근을 하고 집에 들어오니 동생에게도 봉투를 건네줬다. 동생 또한 황당해 하면서 받았다. 아버지는 똑같은 멘트를 던지며 흐뭇해 했다. 동생의 봉투에는 10만 원이 들어 있었다. 경마로 딴 돈에 대한 부끄러움도 없어 보였다. 중요한 것은 자식들에게 용돈을 줬다는 것, 부모 노릇을 했다는 것에 의미가 있는 듯했다. 물론 시간이 지나서 생각하면 참으로 아쉽다는 생각이 든다.

단추 하나가 잘 못 끼워졌을 뿐인데 아버지는 그걸 몰랐던 것이다. 중간에 다시 풀고 어긋난 부분을 찾았더라면 지금처럼 자식들에게 외면받는 일도 없었을 것이다.

제5화

먼 나라 작별 인사

할머니한테 가자

아버지의 방사선 치료는 계속되었다. 치료 횟수만큼 몸 상태도 같이 나빠졌다. 의사 선생님 말씀이 어느 순간에는 진통제도 듣지 않을 거라고… 그렇게 되면 무척이나 고통스러워하실 텐데 보호자분이 미리 알고 있으라고 했다. 거실에서 자는 아버지 모습이 불편해 보였다. 어딘가를 쥐고 아파하는 모습이었다.

'생각했던 순간이 어쩌면 더 빨리 오는 것은 아닐까?'

어느 날 아버지가 혹시 언제 아침부터 시간 좀 나는 날이 있는지 물어보셨다. 할머니를 보러 가고 싶다고 했다. 그러고는 근처에 사는 고모에게 전화해 보라고 하셨다. 같이 가고 싶었던 거 같다. 고모와 어머니를 모시고 할아버지와 할머니가 계신 산소로 향했다. 집에서 2시간 정도 가야 하는 거리였다. 어릴 적 명절마다 친척들과 함께 갔던 기억이 있다. 할머니가 돌아가신 후로 친척들 얼굴을 잘 못 보고 살지만 명절이면 친척들을 보는 것도 좋았고 산소에 가는 것도 즐거웠다. 그리고 아버지가 그곳을 좋아하는 것도 알고 있었다.

가끔 아버지와 이야기할 때면 아버지는 항상 산소에 대해 이야기를 하셨다. 형제들끼리 돈을 모아서 산을 샀는데 믿거나 말거나 아버지는 항상 자신이 막내인데 가장 많은 돈을 냈다고 자랑하듯이 말하곤 했다. 차를 타고 가는 동안에도 어눌해진 말투로 고모에게 산에 대해 계속해서 말을 했다. 고모는 맞장구를 쳐 주면서 아버지를 안타깝게 바라봤다. 가는 길은 예전보다 좋아져 있었다. 주변 도로도 포장돼서 산소로 가는 길이 한결 편해져 있었다.

2시간이 조금 지나 우리는 산소에 도착했다. 옛날에는 산 밑에 주차하고 한참을 걸어서 올라가야 했지만, 주변에 밭농사로 인해 바로 올라갈 수 있는 길이 생겨 있었다. 하지만 아버지는 밑에 주차를 하고 걸어 올라가자고 하였다. 옛 추억을 떠올리고 싶은 거처럼 보였다. 우리는 산소로 천천히 걸어 올라갔다.

올라가는 길옆에 있는 논을 계속 바라봤다. 나 또한 이곳에 많은 추억이 담겨 있었다. 아마도 초등학교 4학년 때로 기억한다. 추석에 산소를 방문하고 내려오는 길에 논에 있는 올챙이 알을 발견하고는 생긴 게 너무 신기해서 그곳을 떠나지 못하고 계속 바라보고 있었다. 엄마를 졸라서 그 알을 가져가고 싶다고 말했다. 엄마는 안 된다고 단호하게 말했지만, 아빠가 와서 괜찮다며 논에 들어가서 커다란 올챙이 알을 통째로 봉지에 담아 줬다. 엄마는 옆에서 알이 부화해서 올챙이가 되면 어디에 둘 거냐고 투덜거렸다. 나는 수백 마리의 올챙이를 상상하며 행복하게 집으로 돌아왔다.

내 방 한구석에 작은 어항이 생겼다. 시간이 지나 올챙이들이 태어났다. 학교를 마치면 올챙이를 보기 위해서 한걸음에 뛰어서 집까지 왔다. 중간에 많이 죽기도 했지만, 10마리가 개구리로 변신하기도 했다. 나의 성장만큼이나 올챙이의 성장을 바라보는 것이 그 시절의 가장 큰 기쁨이었다.

아버지는 자식들을 위해서 자기 방식대로 많은 부분을 노력했다. 부탁하지도 않았는데 여러 가지를 사준 적이 있는데 그중 특히 기억에 남는 것이 몇 개 있다.

첫 번째는 현미경이었다. 장난감이 아닌 비싼 진짜 현미경이었다. 아버지로부터 현미경 사용법을 배우고 틈나는 대로 무엇이든 넣어서 확대해 보았다. 물론 과학자가 되지는 않았지만 호기심을 충분히 해소할 수 있었고 친구들이 집에 올 때면 매번 자랑을 했다.

두 번째는 고성능 쌍안경이었다. 이것도 여행 전문가가 사용할 만큼 비싼 것이었다. 쌍안경을 선물 받고 나서 옥상에 올라가는 일이 많아졌다. 날씨가 좋은 날이면 저 멀리 있는 건물이나 달도 정말 크게 볼 수 있었다. 한동안 어디를 가나 쌍안경을 들고 다니면서 작은 눈으로 큰 세상을 바라보는 법을 배워 나갔다.

생각해 보면 아버지는 자신이 어릴 적에 하고 싶었던 것들이나 무언가를 더 멀리 보고 식견을 넓히는 방법을 알려 주고 싶었던 거 같다. 주변에 현미경이나 고급 쌍안경을 가지고 있던 친구들은 없었다. 물론 컴퓨터도 마찬가지였다. 그런 아버지의 노력만큼 나는 훌륭하게 자라지는 못했다. 그렇다고 반항을 하거나 부모님과 크게 싸운 적은 별로 없었지만, 고등학교 진학 때문에 아버지와 언성을 높여가며 언쟁했던 게 생각난다.

나는 중학교 때 성적이 늘 중위권이었다. 미친 듯이 노력을 해야 겨우 중상위권에 머무는 정도였다. 초등학교 6학년 때까지 한글을 쓰지 못했던 나는 사춘기가 오면서 그런 나 자신이 너무 부끄러웠다. 조기 교육에 별다른 관심이 없던 부모님은 한글은 때가 되면 자연스럽게 배워질 거라고 생각하셨다. 하지만 밖에 나가서 노는 것 말고 관심 없던 내게 '스스로'라는 것은 존재하지 않았다. 쪽팔려서 중학교 진학 전에 미친 듯이 한글 공부를 했다. 글을 쓸 수 있게 되니 세상이 다르게 보였다. 한글 공부를 시작으로 중학교 시절 내내 열심히 공부했다. 거의 매일 시험 기간인 학생처럼 공부하고 암기를 하면서 시간을 보냈다. 그런 나를 보고 주변에서는 내가 정말 공부를 잘한다고 착각할 정도였다. 시험 기간에는 언제나 밤을 꼬박 새웠지만 성적은 노력만큼 나오지 않았다. 매번 시험 평균은 80점 근처에 머물렀고 점점 지쳐가고 있었다. 그러자 한 번은 아예 노력을 안 하면 어떻게 되나 궁금했다. 그래서 평소에는 전혀 공부를 하지 않고 다른 친구들처럼 시험 기간에만 벼락치기를 했다. 결과는 충격적이었다. 반에서 꼴찌 다음이 바로 내가 되었다.

'아……. 난 멍청하구나. 노력하지 않으면 정말 꼴찌구나.'

그런데 친척 누나 중 한 명이 상고로 진학했었다. 그리고 졸업과 동시에 대기업에 취업하는 것을 보았다. 오히려 공고나 상고가 열심히 하면 더 가치 있어 보였다. 그래서 아버지께 상고로 진학하겠다고 했다. 당연히 알겠다고 존중해 줄 거라고 생각했다. 하지만 아버지의 반응은 그와 정반대였다. 절대 안 된다는 것이었다.

인문계에 진학할 수 있는 충분한 성적인데 왜 그런 곳으로 가냐고 다그쳤다. 나는 내 의견을 굽히지 않으며 소리를 질러도 보았다. 그래도 아버지는 완강했다. 결국 첫 번째 의견 충돌은 나의 패배로 돌아갔다. 아들에 대한 기대였을까? 대학도 보내고 남들에게 자랑하고 싶은 아들이 되길 바랐던 거 같다. 그때는 미처 몰랐다. 부모님 모두 그런 표현을 하지도 않았고, 나는 그 정도로 똑똑하지도 않았기 때문이다.

한참 동안 산소에서 시간을 보냈다. 저 멀리 보이는 풍경을 바라보며 우리는 계속해서 이런저런 이야기를 나누었다. 해가 질 무렵이 되어서야 집에 가기 위해 준비를 하는데 아버지는 내려오려고 하지 않았다. 생각해 보니 아버지는 별로 말을 하지 않고 그냥 조용히 감상하듯이 주변을 돌아다녔다. 오히려 시끄럽게 떠든 것은 같이 온 우리였다. 처음에는 그저 할머니가 보고 싶어서 가자고 하는 줄 알았다. 나였어도 죽기 전에 부모님을 뵙고 싶을 거 같았다. 그런데 그런 목적이 아니었다. 아버지는 자신의 죽을 자리를 보러 온 것이었다. 주변을 둘러보던 아버지가 조용히 입을 열었다.

"나 죽으면 여기에 있고 싶다."

아버지를 쳐다봤다. 그 표정과 눈빛에서 그 말이 진심이었음이 느껴졌다.

"뭐 그런 말을 해. 걱정 마시고 얼른 내려가요."

아버지를 모시고 산소를 내려와서 집으로 향했다. 차 안에서 아버지는 무척이나 편안한 모습이었다. 산소에 묻어 달라는 말에 고모는 자신은 죽어서도 애들 고생하지 않게 납골당 같은 곳으로 보내 달라고 말할 거라고 했다. 사실은 아버지 들으라고 한 말이었다. 하지만 아버지는 어떤 말에도 대꾸하지 않고 계속 못 들은 척하며 창밖만 바라보고 있었다.

고모도 알고 있듯이 그곳에 아버지를 모시면 자식들에게 괜히 귀찮은 일들이 생길지도 모른다고 걱정을 하고 있었다. 나 또한 그곳에 아버지를 모시고 싶지 않았다. 좋지 않은 기억들 때문에 엮이고 싶지 않았다. 아버지가 한참 입원 중일 때 친척 중 한 분에게 전화가 왔다. 당연히 아버지 안부를 물어보는 전화일 거라고 생각했다. 그런데 황당하게도 아버지에게는 이미 허락받았는데 네 아빠 죽으면 핸드폰 번호 명의를 본인에게 넘기라는 것이었다. 전화해서 한다는 소리가 저거라니… 정말 험한 소리를 해 드리고 싶었다.

사실 아버지 핸드폰 번호는 정말 쉽고 좋은 로열 번호로 탐이 날만 했다. 아버지는 핸드폰 번호에 자부심을 가지고 있었다. 번호가 쉬워야 석유 배달할 때 도움이 될 거라고 핸드폰 개통을 할 때 특별히 지인에게 부탁해서 받은 번호라고 했다. 끝자리가 모두 같은 숫자로 되어 있었으며 앞자리 또한 쉬웠다. 그렇다고 해도 아직 병마와 싸우고 있는 동생에게 전화해서 너 죽으면 번호를 달라고 말하는 것은 상식적으로 도무지 이해가 되지 않았다. 정말 탐이 났다면 나중에 말해도 되지 않았을까? 혹시나 내가 번호를 해약하거나 다른 분들께 넘길까 봐 조급했던 거 같다. 나는 애써 웃으면서 "네 알겠어요."라고 대답하고 전화를 끊었다.

그리고 아버지 돌아가시면 일부 친척들과 거리감을 두어야겠다고 생각했다. 사실 아버지 번호는 내가 사용하려고 했다. 번호가 탐이 나서라기보다는 아버지가 빚 말고 남기고 간 것도 없는데 나중에 아버지를 생각하면서 사용하고 싶었다. 나에게는 휴대폰 번호가 아버지가 남기고 간 유산인 셈이었다. 그래서 지금까지도 그 번호를 기본요금만 내면서 간직하고 있다. 매달 요금이 정산될 때마다 아버지를 생각하게 된다.

할머니 산소를 다녀오고 나서 아버지는 왠지 차분하게 본인의 마지막을 준비하고 있는 것처럼 보였다. 본인이 아끼는 낚시용품이나 옷들을 지인들에게 주기 위해서 내 차를 타고 몇 군데를 돌아다니기도 했다. 주변을 정리하는 모습을 보면서 아버지가 할머니 근처에 잠들고 싶다고 말한 것이 유언이라고 생각했다. 그래서 조금 불편한 상황이 발생할지라도 아버지의 바람대로 할머니 옆에 편안히 묻어 드리기로 결심했다.

요양병원 앞에서

어느덧 출국이 3주 앞으로 다가왔다. 짧은 시간의 교육이지만 그래도 준비할 게 많았다. 어머니와 동생은 직장 생활로 주간에는 정신이 없어 이제는 아버지를 돌봐줄 사람도 없었다. 나는 아버지를 모실 요양병원이나 호스피스 병동 등 이곳저곳을 알아보고 다녔다. 주변 지인들에게 전화해서 어떤 곳인지 물어볼 때마다 마음이 점점 무거워져 갔다. 왜 그런 곳에 아버지를 모시냐는 주변 친척이나 다른 사람들의 말은 중요하지 않았다. 나 또한 지켜야 할 다른 사람들이 있었다. 아버지가 미웠기 때문에 이러는 것은 아니었다. 암 투병을 하면서 환자 본인도 고통스럽지만, 가족도 마찬가지로 고통스럽기 때문이다.

요양병원을 하나씩 방문할 때마다 나는 병원 안으로 들어가는 게 힘들어졌다. 내가 생각했던 그런 병원의 모습이 아니었다. 정말 아픈 사람들로 가득 찬 병원은 희망이라는 단어를 영원히 상실한 것처럼 보였다. 병실을 안내해 주는 직원도 그냥 일을 하는 사람처럼 느껴졌다. 어떤 사연으로 입원하는지 어떤 고통으로 병마와 싸우는지에 대해 전혀 관심이 없어 보였다. 몇 인실에 입원할 건지, 기간은 얼마나 생각하시는지 등에 대해 질문만 할 뿐이었다. 그저 돈을 벌기 위한 수단에 불과해 보였다.

몇 군데 병원을 둘러보고 요동치는 마음을 진정시킬 수 없었다. 특히나 아버지는 요양병원에 가기를 정말 싫어했다. 본인도 마지막 순간을 그런 곳에서 보내기 싫었을 것이다. 하지만 남은 사람들의 편의를 위해서는 병원에 입원시킬 수밖에 없었다. 이미 암센터에서는 아버지에게 더 이상 할 치료가 없다고 선언했다. 나중에 너무 고통이 심해지면 그때 잠시 입원은 가능할 거라고 했다. 그래도 요양병원보다는 대학병원을 좋아하셨기에 혹시 입원이 가능한지 물어보았지만 냉정한 답변만 돌아왔다. 더 이상 수술도 불가능하고 추가적인 치료를 할 시기가 넘은 아버지는 그들에게 가치가 없는 환자가 되어 있었다. 자본주의에 맞게 병원도 역시 돈이라는 가치를 최우선에 두고 운영을 하는 것만 같았다.

오랜만에 가족들이 다 같이 모인 자리에서 그동안 알아본 몇 군데의 요양병원 리스트를 공유했다. 우선 어머니는 집과 거리가 가까운 곳 중에서 그나마 친절하고 시설이 좋은 곳을 선정했다. 그래도 아버지를 보고 싶을 때 보러 가려면 거리가 가장 중요하다고 생각했다. 아버지가 처음 암 선고를 받았을 때 나는 어느 병원에서 치료를 받는 것이 최고인지에 대한 생각을 하였다. 군 생활하면서 평소 연락도 안 하던 군의관들에게까지 전화해서 유명한 병원이 어디냐고 물어도 보았다. 그리고 암 투병 경험이 있는 지인에게도 전화를 하였다. 그때 지인이 해 준 말이 아직도 기억이 난다.

"이미 늦게 발견된 지금 시점에서 잘하는 병원을 찾는 것은 의미가 없다. 중요한 것은 너희 가족들이 지치지 않고 다닐 수 있는 거리의 병원을 선택하는 거다."라고 했다.

그 당시에는 그 말이 냉정하게 들렸다. 하지만 거의 2년 동안 병원을 내 집처럼 드나들면서 비로소 지인의 말을 이해할 수 있었다. 환자도 환자지만 보호자가 지치면 모든 것이 더 절망적이 된다는 말이었다. 그런 학습 때문인지 외곽 쪽에 요양병원은 시설도 더 좋고 쾌적해 보였지만 나는 서울 시내에 있는 요양병원을 선택해야만 했다. 특히 운전이 가능한 사람은 가족 중에 나뿐인데 내가 해외로 가면 가족들은 더욱 지칠 것이 분명했다.

결국 우리는 집에서 가장 가까운 요양병원을 선택했다. 그리고 다음 날 아버지를 제외하고 가족들과 함께 방문을 했다. 어머니는 불만이 가득했다. 일단 너무 좁다는 것과 요양병원이 주는 이미지가 좋지 않아서였다. 동생은 담담했다. 병원에서 일하는 동생은 나를 대신해서 담당자에게 이것저것 물어봤다. 모든 상담을 마치고 병원에서 나오는 가족들은 상당히 지쳐있었다. 나는 잠시 한국을 벗어나는 것이 미안할 뿐이었다. 요양병원 입원 날짜는 내 출국일 전날로 정했다. 가기 전까지 최대한 많이 아버지의 모습을 담아 두고 싶었다. 항상 티 안 나게 자식 걱정을 많이 하는 아버지였다.

자퇴를 하고 여러 가지 일을 하면서 생활을 하던 나는 주변 친구들이 리니지라는 게임에 빠져 사는 것을 보았다. 언제나 게임은 사치라고 생각했기에 그냥 무시하고 지나쳤었다. 그러던 어느 날 PC 방에 친구들을 만나기 위해 놀러 갔다. 모두 컴퓨터 앞에 앉아서 캐릭터를 이리저리 움직이느라고 정신이 없었다. 나는 그저 끝나는 시간만을 기다리며 구경하고 있었는데 친구 중 한 명이 게임 속 아이템을 팔러 나갔다 오겠다고 했다. 그리고 몇 시간이 지난 후 그 친구는 최신형 폴더 폰을 사 가지고 왔다. 게임에서 사용하는 무기를 현금을 주고 사는 사람들이 많다는 것이었다.

힘들게 밖에서 열심히 일하며 돈을 벌어도 몇 푼 안 되었는데 따뜻한 곳에서 편하게 게임을 즐기면서 돈까지 버는 모습은 충격 그 자체였다. 그 이후 나는 친구들로부터 집요하게 게임을 배웠다. 목적은 돈을 버는 것이었다. 집에서 폐인처럼 24시간 내내 씻지도 않은 채 게임에 빠졌다. 친구들은 학교를 마치면 우리 집에 매일 출근 도장을 찍었다. 본격적으로 게임을 시작하면서 내 방에는 컴퓨터만 3대가 있었다. 한마디로 게임하는 아지트를 만든 것이었다. 약 8개월이라는 시간 동안 '나'라는 존재는 잊어버리고 게임 캐릭터로 살고 있었다. 종종 돈이 필요하면 게임 아이템을 팔아서 용돈으로 삼았다. 다시 밖에 나가서 일하고 싶지 않았다. 그냥 이렇게 시간을 보내면서 폐인처럼 지내는 것이 좋았다. 이발도 하지 않아서 장발과 비슷한 머리로 변해 있었다. 가끔 아침에 가족들과 식사를 할 때면 아버지는 내 꼴을 마음에 들어 하지 않았다. 하지만 나에게 무슨 말도 하지 않았다. 자신이 조언을 하면 아들이 어떻게 받아들일지 걱정하고 계시는 듯했다.

어느 날 새벽에 평소에 들어오지도 않던 아버지가 내 방문을 열고 들어왔다. 약간 술에 취한 모습이었다. 아버지는 다른 친척분들과 다르게 얌전한 술버릇을 가지고 있었다. 나는 게임에 정신이 팔려서 인사도 없이 모니터만 쳐다보고 있었다. 그런 나에게 아버지가 말을 했다.

"너 나중에 어떻게 되려고 이렇게 게임만 하니. 아빠가 어지간하면 너 믿어서 아무런 말도 안 하는데 좀 정신 좀 차려야 할 거 같다."

아버지는 그 말만 남기고 조용히 방을 나갔다. 그 당시에 나는 그 말을 별로 신경 쓰지 않았다. 그런 말을 할 자격이 없는 사람으로 치부해 버렸다. 하지만 되돌아 생각해 보면 내 삶에서 아버지가 처음으로 잔소리를 한 날이었다. 나는 그 후로 몇 개월간 더 게임에 빠져 있었다. 같이 게임하는 사람들이 부르면 지방까지 내려가서 게임을 하곤 했다. 미성년자지만 부모님은 어떠한 말도 하지 않았다. 그리고 어느 날 갑자기 아무런 이유 없이 게임이 하기 싫어졌다. 게임을 하면서 만난 사람들과의 소중한 인연도 좋았고 게임 세상 속 나의 캐릭터도 너무 사랑했다. 하지만 그냥 게임이 싫어졌다. 이렇게 살면 안 될 거 같다는 생각이 내 머릿속을 떠나지 않았다. 바로 게임 캐릭터를 삭제하였다. 만약에 부모님이 옆에서 조용히 믿어 주지 않았다면 반항심에 그 지옥의 굴레를 벗어나지 못했을지도 모른다.

아버지의 포옹

좋지 않은 일에 시간은 더 빠르게 흘러간다. 출국이 얼마 남지 않은 시점, 놀러 가는 것이 아니었기에 더욱 꼼꼼히 확인해 가며 모든 짐을 다 싸 놓았다. 어머니는 분주하게 아버지 입원 준비를 하고 있었다. 집에서 차로 10분 거리에 있는 요양병원이지만, 우리 가족은 필요한 물건을 철저하게 확인했다. 그걸 지켜보는 아버지는 아무런 말도 하지 않았다. 이제는 진통제가 전혀 먹히지 않는 듯했다. 계속 힘들게 숨을 쉬고 있었다. 그 순간이 고통스러워 보였다. 아버지도 그렇게 마지막을 준비하는 것만 같았다.

아버지의 입원을 며칠 앞두고 잠을 자다가 시끄러운 소리에 눈을 떴다. 아버지는 고통 속에 몸부림을 치고 있었다. 우리보다 먼저 일어난 어머니가 옆에서 아버지의 손을 잡고 있었다. 나는 그 옆에 멍하니 서 있을 수밖에 없었다. 아버지는 말했다.

"제발 죽여줘. 너무 힘들어 너무 아파……."

어머니와 아버지는 울고 있었다. 참으로 이기적인 것이 우리 사람이다. 자신의 부인과 자식들 앞에서 고통에 패배하여 죽여 달라 고 애원하는 나약한 한 남자가 바로 그 앞에 있었다. 고통 속에서 몸부림을 치다가 지쳐서 잠이 드셨다.

한동안 아버지를 바라봤다. 그 고통은 그 누구와도 나눌 수 없는 고통이었다. 온몸에 암세포가 퍼져있는 그 느낌은 상상조차 할 수 없었다.

병원에 입원하는 날, 병원에 도착하자 병원 직원들은 아버지를 침대로 모시고 가고 어머니와 동생이 짐 정리를 했다. 병원의 분위기는 역시나 너무도 어두웠다. 대학병원과는 전혀 다른 모습이었다. 주변에 안부를 묻는 환자분도 없었다. 모두가 고통과 죽음을 기다리는 지루한 싸움을 하고 있는 모습이었다. 아버지는 요양병원을 정말 싫어하는 듯했다. 침대가 불편하다고 투정을 부리기도 했다. 아버지를 모시고 병원 이곳저곳을 안내했다. 병원은 답답하게만 느껴졌다. 아버지처럼 자유로운 영혼이 병원에 갇히는 것은 그 어떤 것보다 싫을 수밖에 없다는 것을 다시 한번 느꼈다. 혹시나 하는 마음에 아버지 주변 친구분들께 병원 주소를 공유했다. 그래도 동네에 있으니 잠시 들려주시면 아버지의 무료한 시간이 더 빨리 흘러갈 것만 같았다.

우리는 병원에서 한참을 머물다가 아버지가 약 기운에 취해 잠이 든 후에야 병원을 빠져나왔다. 집으로 향하는 발걸음은 정말 무거웠다. 무엇인가 큰 죄를 짓고 도망치는데 빨리 도망갈 수 없는 그런 죄수 같았다. 가족들은 아무런 말도 하지 않았다. 땅만 바라보고 걸었다. 죄책감 때문일 것이다.

다음 날 아침, 비행기 시간까지 여유가 있어 어머니와 함께 아버지를 보러 요양병원에 방문했다. 아버지 병실로 가니 몸을 굼벵이처럼 말고 신음소리를 내며 고통스러워하는 뼈만 남은 한 남자가 있었다. 조용히 아버지 옆에 앉았다. 아버지는 아들의 얼굴을 보고 고통을 참으려고 애를 썼다. 그런 아버지를 보고 나는 병원 직원에게 진통제 투여 여부와 이런저런 것을 따지듯이 물었다. 건방져 보였을지도 모른다. 하지만 내가 할 수 있는 것이라고는 그게 전부였다. 아버지에게 이제 곧 비행기를 타러 가야 한다고 말했다. 그러니 배웅을 나오겠다고 그 아픈 몸을 이끌고 복도로 나왔다. 아버지는 말도 제대로 하지 못했다. 이미 폐까지 전이된 상태여서 숨 쉬는 것도 고통스러워 보였다.

"잘 다녀와. 건강하게……."

아버지는 겨우 속삭이듯이 말했다. 어색하지만 아버지를 안아 드렸다. 아버지의 몸은 정말 가늘었다. 등에서 느껴지는 것은 뼈의 넓은 간격뿐이었다. 온몸에서 고통스럽다고 말하는 것 같았다. 눈물을 참기 위해 억지로 웃는 척을 했다. 울고 싶지 않았다. 다시 귀국해서 보고 싶었다. 이게 마지막이라고 생각하고 싶지는 않았다.

"잘 다녀올게요. 다녀와서 봐요. 아프면 약 달라고 해서 꼭 먹고요."

병원 문을 향해서 걸어갔다. 뒤를 돌아보고 싶지 않았다. 돌아보면 떠나지 못할 거 같았다. 그래도 마지막으로 다시 한번 아버지를 보고 싶었다. 뒤를 돌아보니 아버지는 계속 손짓을 하고 있었다. 밀려오는 고통에 똑바로 서지도 못하면서 떠나가는 아들을 향해 잘 가라고 손짓을 하며 애써 웃음을 짓고 있었다. 승강기를 타고나니 눈에서 눈물이 멈추지 않고 계속 흘러내렸다. 그토록 미워했던 아버지였다. 항상 남과 비교하며 아버지를 원망하고 작은 사랑에 만족하지 못해 뒤에서 욕만 했다. 그런 아버지의 아픈 모습을 보는 것은 너무도 고통스러웠다. 공항으로 가는 택시에서도 계속 울었다. 한편으로는 가고 싶지 않았다. 끝까지 옆에서 지켜주고 싶었다. 다시 한국에 돌아왔을 때 아버지가 안 계시면 상실감에 무너질 거 같았다. 하지만 비행기는 아무 일 없다는 듯 하늘 위로 평온하게 날고 있었다.

태평양을 건너

무거운 마음으로 떠난 한국은 장시간 비행을 거쳐 미국이라는 땅으로 나를 안내했다. 자비로 유학을 갔던 필리핀, 영국에서의 해외생활은 가난해서 포기해야 하는 것들에 대한 나의 작은 반항이었다. 물론 돈이 있어서 유학을 간 것은 아니었다. 마이너스 통장과 그동안 모아 둔 돈을 털어서 도전했던 유학이었다. 그래서 공부를 하는 동안에 여유 있는 생활은 절대 하지는 못했다. 특히 영국 생활은 나를 많이 위축시켰다. 식비가 매우 비싸 거의 매일매일 똑같은 음식만 먹었다.

아르바이트했던 식당에서 점심을 제공해 줬는데 학원 가기 전에 계단이나 공원에 혼자 앉아 포장해 온 거로 점심을 해결하곤 했다. 나중에는 같은 종류의 음식을 먹는 것이 질리고 먹기 싫어지기도 했다. 하지만 그런 경험들이 나의 성장에 큰 도움이 되었다는 것은 부정할 수 없다. 하고 싶은 것이 있다면 신세를 한탄할 시간에 어떻게 하면 그 일을 할 수 있을지를 고민하면 언제나 해결책은 있다고 믿었다.

만약에 부유해서 집에서 주는 돈을 받으며 유학을 갔다면 아마도 공부를 제대로 하지 못했을 것이다. 절실함이 없는 유학 생활은 금방 무너지고 만다. 외로움이라는 큰 벽을 만나면서 공부가 아닌 추억 쌓기로 변질되기도 한다. 물론 젊은 시절에 추억을 만드는 것도 좋다. 무조건 나쁘다고 부정하는 것은 아니다. 하지만 적어도 목표를 달성하고 난 후에 남는 시간을 잘 활용해도 추억은 충분히 만들 수 있다.

나는 해외에 있는 동안에 여행이나 추억을 만드는 일을 많이 못했다. 하지만 가난에서 탈출하기 위한 노력은 나를 성실한 사람으로 만들었다. 성실함은 주변 사람으로부터 나에 대한 신뢰와 믿음을 만들어 줬다. 신뢰로 무장된 나는 높아진 명성을 위해 끊임없이 노력했다. 성과를 만드는 것에 모든 시간을 집중하고 결국 중독되어 버렸다. 일벌레처럼 일만 했다. 그런 내 모습에 누군가 즐기는 법도 배워야 한다고 조언을 해 준 적도 많이 있다. 돌아보면 내 삶에 다시는 돌아오지 않을 한 번뿐인 소중한 시간이었다.

미국 군사 교육은 그런 시간들의 결실이자 월급을 받으면서 해외에서 보내는 첫 번째 시간이기도 했다. 소수의 부사관이 선발되는 만큼 특혜도 많이 주어졌다. 우선 월급 이외에 해외 체류를 위한 추가 비용도 제공했다. 천만 원이 넘는 큰돈이었다. 한마디로 생활비였다. 그 돈으로 현지에서 집도 구하고 차량도 직접 렌트해야 했다. 이런 모든 과정을 진행함에 있어서 유학 경험은 큰 도움이 되었다.

단지 놀러 온 것이 아니고 미군들과 함께 교육을 받아야 한다는 부담감은 존재하였다. 미국에 도착하고 난 후 정신없이 필요한 절차를 진행했다. 같이 생활했던 한국군 교육생 몇 분과 큰 집을 렌트해서 각자 방에서 생활했다. 거기서 만난 선배들에게 많은 도움도 받고 가끔은 술을 마시며 아버지에 대한 이야기를 하곤 했다. 그 사이에 시차만큼이나 한국에 계신 아버지에 대한 걱정도 많이 잊히고 있었다. 특히, 교육 입교를 하기 위해서 약해진 체력을 단련하는 데 많은 시간을 투자했다.

최종 교육 입교를 위한 영어 시험에 다행히 한 번에 통과했다. 국외 군사 교육은 사전에 영어에 대한 검증이 된 군인들을 선발하지만 현지에서도 시험을 또 봤다. 만약에 시험에 통과하지 못하면 해당 교육 과정에 입교하지 못한다. 한마디로 쪽팔린 상황이 발생하게 된다. 컴퓨터로 보는 시험은 상당히 엉뚱한 문제로 구성되어 있었다. 어떤 외국군은 시험을 잘 본 거 같다고 했지만 떨어지기도 하고 다른 사람은 시험이 너무 어려웠다고 하는데 붙기도 했다. 우선 시험을 통과하고 나니 한결 마음이 편해졌다.

이제 본 교육 입교까지 2주의 시간을 남겨두고 있었다. 같이 입교하는 선배와 미국 현지 여행도 하고 지리도 익히면서 시간을 보내고 저녁이 되면 한국에 음성전화를 걸어서 아버지의 안부를 묻기도 했다. 언제나처럼 어머니는 여기 일은 신경 쓰지 말고 거기 일이나 잘하라고 했다. 그래도 잘 버티고 계신다는 어머니의 말에 다시 아버지를 볼 수 있을 거라는 기대를 하기도 했다. 교육에 필요한 물품들을 구입하고 교육을 위한 완벽한 준비를 마쳤다.

그리고 입교 며칠 앞둔 어느 날, 현지 시각으로 새벽에 동생에게서 전화가 왔다. 불안한 마음으로 통화 버튼을 눌렀다. 전화기 건너로 동생이 말했다.

"아버지가 너무 고통스러워하셔서 요양병원에서 암센터로 다시 입원시켰어."

요양병원의 진통제로는 어떤 통증도 완화하지 못해서 결국 병원에 입원했다는 것이다. 입원한 지 3시간 정도 지났고 아버지는 잠들었다고 했다. 최근 요양병원에서 식사도 전혀 못 하고 계셨다는 말도 전해 줬다. 동생과 전화를 끝내고 곧 있으면 다시 아버지를 뵈러 한국으로 돌아가야 할 시간이 다가올 거라고 생각했다.

아빠 돌아가셨다

드디어 미국 보병학교 교육이 시작되었다. 긴장되는 순간이었다. 영어에 대한 울렁증 때문이 아니었다. 영어는 완벽하지는 못해도 의사소통에는 문제가 없었다. 하지만 교육생이 된다는 것은 언제나 불안하고 위축되게 만들었다. 특히, 미국 보병학교에 외국군의 비율은 매우 낮았다. 한국군 부사관은 2명이 전부였다. 인종 차별 비슷한 것을 받았던 순간도 몇 번 있었다.

교육 첫날은 준비물과 반편성을 진행했다. 앞으로 7주 동안 정신없는 교육을 받을 예정이었다. 나는 교육을 무사히 마치고 한국으로 귀국하고 싶었다. 다음날이 되자 본 수업이 시작되었고 바로 체력 테스트가 있었다. 체력을 매우 강조하는 미군은 오리엔테이션 다음날 바로 체력 테스트를 하고 미달하는 교육생은 바로 원복시킨다. 아주 잔인하지만 전쟁 경험이 많은 나라답다는 생각을 하게 했다.

테스트를 받기 위해 줄을 서서 몸을 풀고 있는데 전화가 걸려왔다. 어머니였다. 시간을 확인해 보니 한국은 저녁 시간이었다. 평소 같으면 테스트를 마치고 전화를 받았을 것이다. 하지만 그 날은 뭔가 불안했다. 통화 버튼을 누르니 어머니가 울면서 말했다.

"…… 아버지 돌아가셨다."

그 말을 듣고 나서 순간 주저앉고 말았다. 아버지가 돌아가셨다는 말을 미국 땅에서 들었다. 어머니에게 바로 전화하겠다고 하고 체력 검정 대열에서 이탈했다. 미군 교관에게 가서 내 상황을 설명했다. 나는 바로 외국군 행정을 담당하는 오피스로 차를 타고 이동했다. 그곳에 미군 상사가 나를 보자마자 위로했다. 그리고 만약에 장례를 위해서 한국으로 귀국하면 이번 교육 과정은 자동으로 취소된다고 말해 주었다. 한국 측에 환불도 안 된다고 설명해 줬다.

한국군이 미국에 교육을 보낼 때 과정 비용을 선불로 지불한다. 과정마다 상이하지만 내가 선발된 과정은 개인당 대략 2천만 원 정도를 지급하는 것으로 알고 있었다. 알겠다고 하고 바로 해외 교육을 담당하는 육군 본부 관련 부서 담당자에게 전화를 걸었다. 상황을 설명하니 담당하는 장교분은 상당히 곤란해 하는 눈치였다. 아마도 교육비 환불이 안 되는 것 때문인 것 같았다. 장남이고 장례를 위해서 바로 한국으로 귀국할 것을 요청했다. 그런데 바로 답변을 주지 않았다. 다시 연락을 줄 테니 기다리라고 하였다. 몇 시간이 지나도 연락이 없었다. 한국에서 초조하게 나를 기다리고 있을 어머니에게 전화를 했다. 지금 상황이 조금 곤란하다면서 동생을 바꿔 줬다.

아버지가 돌아가시고 벌써 6시간 정도 흐른 후였다. 주변 친척들이 내가 오는 데 시간이 걸리니 나 없이 장례를 하는 게 맞다고 어머니와 동생에게 계속 연락을 한 모양이었다. 어머니와 동생에게 일단 아버지를 영안실에 모시고 한국에 도착하자마자 바로 장례를 진행하자고 말했다. 아버지에게는 죄송하지만 둘 다 동의를 했다. 아버지는 차가운 영안실 냉동고로 들어가게 되었다. 8시간이 지나도 연락이 없는 실무자에게 새벽이지만 전화를 했다. 그런데 전화를 받은 실무자는 나에게 이렇게 말했다.

"이전에도 어느 장교분 아버지가 돌아가셨는데 그 교육생은 귀국하지 않고 교육 이수했습니다. 그냥 교육받으면 안 되나요? 동생분도 한국에 계신다면서요."

순간 이성을 잃어버릴 만큼 흥분하였다. 속에서 하면 안 되는 말들이 미친 듯이 머릿속에 떠올랐다. 나는 최대한 침착하게 절제하며 내가 가야 하는 이유에 대해서 설명을 했다. 그러자 바로 연락을 주겠다면서 전화를 끊었다. 몇십 분 후에 전화가 왔다.

"가셔도 좋아요. 단, 비행기는 본인 자비로 해결해야 합니다. 휴가는 규정에 명시된 기간만큼만 한국에 체류할 수 있으니 출국 전에 다시 연락 주세요."

한 개의 과정이 취소되었지만, 내가 선발된 교육은 2개의 교육 과정을 이수하는 코스였다. 그래서 한 개가 취소되더라도 다음 교육을 위해서 다시 미국으로 돌아가야 했던 것이다. 알겠다고 감사하다고 말을 전하고 급하게 전화를 끊었다.

비행기 표를 확인하는데 편도 직항 요금은 거의 300만 원이었다. 사전 예약 없이 비행기를 바로 잡으면 이렇게 비싸진다는 것을 나는 전혀 알지 못했다. 그래도 가장 빠른 비행기로 예약하고 공항에 가기 위해서 택시를 불렀다. 성급하게 짐을 싸고 있는데 같은 집을 쓰는 한국군 선배들이 찾아왔다. 잘 다녀오라며 흰 봉투에 달러를 넣어서 조의금을 주었다.

택시를 타고 공항으로 향했다. 가는 동안 군인이라는 직업에 대해서 다시 곰곰이 생각하게 되었다. 출국 승인을 받는 동안의 그 절차들이 나를 불편하게 했다. 목숨을 바쳐서 나라를 지키는 직업인 것을 알고 있었다. 군인이란 살고 싶은 지역에 살 수 있는 자유도 없고 겉모습부터 말투까지 철저하게 통제된 삶을 살며 목숨을 바쳐 나라를 지키는 직업이다. 그런 것은 모두 내가 선택했기에 견디고 살았는데 기본적인 도리를 위해 장례식에 가는 것도 말리는 조직에 회의감이 들었다.

14시간의 비행시간 동안 초조하게 나만 기다리는 가족들 생각과 장례식을 어떻게 진행해야 하는지에 대한 생각으로 가득했다. 다행히 상조에 가입해 둬서 그런 절차적인 부담은 조금 덜 했다. 아버지를 잃은 슬픔보다 다른 것에 더욱 신경을 써야 했다. 처음 아버지가 암 판정을 받았을 때처럼 슬퍼할 여유는 없었다. 출국 전에 지인들에게 먼저 연락해서 필요한 부분을 사전에 준비해 달라고 부탁했다. 조의금을 받는 것조차 군대 후배에게 부탁을 했다. 친척도 많았지만 솔직히 믿을 만한 사람은 없었다. 언젠가부터 세뇌가 되었던 거 같다. 아버지는 본인 결혼식 때 친형들이 축의금 일부를 가져갔다면서 습관처럼 그때 일을 우리에게 말하곤 했다. 물론 내 눈으로 본 것은 아니었으나 그렇다고 신뢰가 생길만한 행동도 보지 못했다.

인천 공항에 도착해서 집으로 향했다. 항상 내가 외국으로 떠나면 무언가 큰일이 발생하는 것 같았다. 공항에서 집으로 향하는 길은 언제나 나를 한없이 무겁게 했다. 생각해 보니 정신이 없어서 아버지 임종에 대해서도 묻지 못했다. 한국으로 오는 비행기 속에서 가장 궁금했던 것이기도 했다. 돌아가시기 전에 무슨 말을 남기셨는지 알고 싶었다. 집에 도착하자마자 어머니께 임종에 대해 물어보자 어머니는 눈물을 보이셨다.

사실 아버지는 홀로 쓸쓸히 돌아가신 것이었다. 요양병원에서 암센터로 다시 입원하고 나서 보호자가 상주해야 하는 상황이어서 가족들과 상의 후 간병인을 고용했다. 어머니와 동생은 둘 다 직장 생활을 하고 있었기에 하루 종일 병원에 있을 수가 없었다. 선택의 여지가 없었다. 그래도 일이 끝나면 거의 매일 병원에 방문해 아버지를 보고 왔는데 하필 그날 몸이 너무 좋지 않아 어머니도 병원 방문을 못 했다는 것이다. 아버지가 위급하신 거 같다는 간병인의 전화를 받고 어머니와 동생은 다급히 병원으로 갔지만 결국 아버지를 만나지 못했다고 했다. 어머니는 그 날 왠지 병원에 있고 싶었는데 그러지 못하고 일을 나간 것에 대해 후회를 했다. 간병인에게 물어봤는데 아무런 말씀도 없이 돌아가셨다고 했다. 가난 속에서 바쁘게 살아가는 우리 가족에게 그 누구도 임종을 지키지 못했다고 비난할 수 없었다. 어쩌면 그것도 아버지 스스로 만든 마지막 순간일지도 모른다고 생각했다.

사실 우리 가족은 아버지가 어떤 말이라도 남길 것이라 기대를 했던 거 같다. 이유는 마지막 수술을 마치고 우리가 본 아버지에 노트에는 가족에 대한 이야기가 하나도 없었다. 이름 모를 사람들에게 남긴 문장만 있었다.

"○○사장, 나를 알아봐 줘서 정말 고마웠네."
"○○친구, 같이 시간을 보내줘서 행복."
"나를 위로해 줘서 감사합니다."

문장들이 질서없이 노트에 채워져 있었다. 간호사에게 노트를 전달받고 최소한 우리에게 사랑한다는 말을 남겼을 거라고 기대했다.

하지만 노트에 남겨진 것은 예상과 달랐다. 마지막 순간에 자신을 인정해 주고 가치를 알아봐 준 사람들에 대한 고마움만 적혀 있었다. 그 노트를 보고 어머니는 서운함을 감추지 못했다. 아마도 작은 기대를 했던 거 같다. 30년 넘는 세월을 싫든 좋든 함께 한 동지인데 한마디도 남기지 않음에 서운할 수도 있다고 생각했다. 하지만 한편으로 아버지가 얼마나 외로웠을지 이해가 되었다. 그토록 아버지는 가족들에게 인정받고 싶었던 한 남자였던 것이다.

15년 넘게 사회생활을 하면서 나 또한 그 인정에 메말랐던 순간이 있었다. 주변 사람들로부터 나의 존재감을 확인받으며 내 삶의 가치를 증명하는 그 반복적인 과정에 노예처럼 매일을 즐겁게 일했다. 주변을 둘러볼 시간도 없이 오로지 윗사람과 직장을 위해 온 힘을 다해서 일을 했다. 하지만 시간이 지나고 주변 상황과 시대가 달라짐에 따라 나의 명성도 차츰 꺼져가는 것을 느끼게 되었다. 나란 사람은 여전히 존재하는데 더 이상 나를 바라보지 않는 것 같은 느낌이 사람을 참으로 비참하게 만든다는 것을 이제는 이해한다. 인정받는 순간에는 대단함에 대해서 가족에게 증명해 보이며 자신의 가치를 인정해 주기를 바라게 되지만, 본인의 가치가 떨어지는 순간에는 그런 서러움에 대하여 가족으로부터 가장 먼저 용기를 얻기를 바란다. 그리고 지금껏 잘해 왔으니 아직 늦지 않았다고 우리는 당신을 믿는다는 그 말 한마디가 힘이 되어 다시 일어나는 사람들을 보기도 한다.

아버지는 그런 것에 있어서 누구보다 목마름을 느꼈을 것이다. 항상 사람 본연의 가치를 무시하고 돈 버는 능력만을 가지고 아버지의 역할을 판단하는 냉혈 인간 같은 자식들 사이에서 자신의 위치를 영원히 잃어버렸다. 한번 잃어버린 길을 다시 찾아 돌아오기 위해 분명 노력했을 것이다. 문제는 그런 노력조차 인정하지 않았던 우리의 잘못일지도 모른다.

마지막 순간에도 그 어떤 말 하나 남기지 않은 아버지를 원망하지 않는다. 가장 아버지다운 행동이었다. 그렇게 해서라도 우리에게 받은 서운함을 위로할 수 있다면 나는 괜찮다.

제6화

떠난 사람과 남은 사람

난장판 장례식장

대학병원 영안실에 계시던 아버지를 장례식장으로 모셨다. 못난 큰아들 때문에 3일 동안 차가운 곳에 계셨다는 사실에 나는 아직까지도 죄책감에 시달린다. 상조회사에서 나온 직원분과 장례 절차에 대해 여러 부분을 상의했다. 세부적인 절차까지는 잘 몰랐는데 친절하게 설명해 주셔서 상조에 가입하고 내가 가졌던 불신에 대한 미안함이 들었다. 나는 바빠질 것을 대비하여 아버지를 산소에 모실 예정인데 그냥 땅에 묻어 두고 올 수 없으니 조그만 비석이라도 먼저 준비가 가능한지부터 물어봤다. 다행히도 준비 가능하며 비석에 남길 문구를 알려 달라고 하여 가족들이 잠시 모여서 무슨 말을 남기면 좋을지 생각하는데 막상 떠오르는 것이 없었다. 결국 "아버지 사랑합니다."라고 남기기로 결정했다.

친척들이 오기 시작했다. 눈물을 보이거나 안쓰럽다는 듯 각자의 방식대로 작별 인사를 하고 있었다. 이모는 첫날부터 끝까지 이모부와 함께 장례식장을 지켜 주셨고 부대 후배 한 명이 휴가를 내고 자리를 지키며 조의금을 받아 주었다. 시간이 지날수록 상주인 나와 동생은 지쳐갔다. 모든 게 처음이라 어색하고 무엇을 해야 하는지 잘 몰랐으며 정신이 하나도 없었다. 내 경험을 바탕으로 손님이 오면 인사를 드리면서 아버지 옆을 지켰다. 그리고 친척들에게 아버지 유언에 대해서 말씀을 드렸다. 본인들도 생각을 못 했는지 장례 도중에 아버지 자리를 확인한다고 산소로 출발하신 분들도 계셨다. 어머니는 생각보다 담담해 보였다. 물론 우리 가족들은 2년이라는 시간 동안 각자 나름대로 아버지를 보내는 연습을 마친 상태였다. 부대 사람들이 찾아와서 나를 위로해 주고 평소 그렇게 친하지 않았다고 생각했던 선배는 3일 동안 한 번도 자리를 비우지 않고 주변 일을 챙겨 주었다.

인생에서 큰일을 치르고 나니 대인관계에 대한 명확한 기준점이 생기는 듯했다. 평소에는 잘 드러나지 않지만 사람이 어려움에 처할 때 도움을 받으면 그 도움의 크기가 복리처럼 불어나는 감정을 느꼈다. 아버지를 보내고 난 후에 전화번호부에서 삭제되는 사람, 혹은 새로 추가되는 사람이 생겼다. 모든 사람들에게 잘하려고 애쓰면서 살아왔는데 이제는 이 모든 것들이 부질없을 수도 있다는 생각이 들었다.

관계가 깊을수록 서운함은 깊어지고 마음의 상처를 받기 쉬워진다. 차라리 가벼운 관계 속에서 적당히 거리를 두는 것이 오랜 인연을 유지하는 방법일지도 모른다는 생각을 했다.

장례식이 진행되면서 예상치 못한 일들도 벌어졌다. 장례식 문

앞을 지켜 주던 후배가 갑자기 일이 생겨서 몇 시간 자리를 비우게 되었고 친척들에게 부탁하고 싶지 않았기에 어머니 친구분이 잠시 앉아 계셨다. 그런데 갑자기 큰아버지 중 한 분이 어머니를 밖으로 불러내서 호통을 치는 것이었다. 외가 쪽 식구들에게 전해 듣고 황급히 복도로 뛰어나가니 내 귀를 의심하게 만드는 소리가 복도에 쩌렁쩌렁 울려 퍼지고 있었다. 어떤 이유인지는 모르겠으나 유명한 분이 친척과 같이 일하는 것 때문에 장례식장에 오신다는 것이었다. 그분이 오시면 잘 모셔야 하는데 왜 여자가 조의금을 받고 있냐며 무슨 일을 이딴 식으로 하냐고 어머니에게 고함을 치며 뭐라고 하고 있던 것이다. 그 순간 큰아버지가 내 핏줄이라는 게 정말 부끄러웠다. 도대체 무엇이 중요한 것인지 묻고 싶었다.

"그만하세요. 알겠어요."

내가 가로막으며 말하니 큰아버지는 씩씩거리며 집으로 가 버렸다.

"그따위로 할 거면 장례식 알아서 하세요."

주변 친척들은 그냥 우리가 이해하라며 위로의 말을 건넬 뿐이었다. 사람이 죽었는데 저게 할 소리인가? 그 유명인이 죽은 동생보다 더 중요하다고 광고하는 것만 같았다.

부끄러움을 뒤로한 채 나는 손님을 맞이하러 다시 장례식장으로 들어갔다. 울분이 터져 나왔다. 속으로 수없이 다짐했다. 나중에 정말 잘 되고 부러울 정도로 성공할 거라고 다짐하고 또 다짐했다. 어머니께 준 모욕감에 대해 복수라도 하고 싶은 심정이었다.

새벽이 되면서 사람들의 방문은 줄어들고 있었다. 조금 지나서 갑자기 주변이 시끄러웠다. 아버지 직장 동료들이 찾아온 것이었다. 동료분들은 격하게 슬퍼했다. 눈물을 멈추지 못하는 분도 있었다. 주유소 사장님은 나에게 조용히 다가오시더니 고생한다면서 큰돈을 건네주셨다.

그렇게 한참이 지나고 주변을 둘러 보니 아버지 오래된 친구 중 한 분이 영정사진 앞을 떠나지 않고 계속 앉아 계셨다. 술에 취한 친구분은 무언가 할 말이 있는 듯했다. 사실 나는 예전에 그분을 뵌 적이 있다. 그리고 항상 아버지께 전화해서 같이 경마장에 가자고 말하던 그 목소리의 주인공인 것도 알고 있었다. 그만큼 친했으니 상실감이 크겠다고만 생각했다. 그런데 잠시 후 주유소 사장님이 나에게 찾아오더니 잠시 앉아 보라고 하시는 것이었다. 그러자 계속 자리를 지키던 그 직장 친구분이 들어오셨다. 아저씨는 어렵게 말을 꺼내셨다.

"오늘 같은 날 할 말은 아닌데…."

돈 문제인 것 같다는 직감이 들었다. 사실 나는 혹시 장례식에 누군가 찾아와서 아버지가 빌려 간 돈을 달라고 하면 어떻게 말해야 할지 조심스럽게 걱정이 되긴 했다. 그런데 그 걱정이 실제가 되고 있었다.

아저씨는 아버지가 파산 신청을 한 것을 알고 있었다. 그런데 본인은 자기 이름으로 대출까지 받아가며 돈을 빌려줬고 지금까지 그나마 조금씩 입금이 되었는데 이제 아버지가 돌아가셨으니 돈을 받을 방법이 없어서 걱정하고 계셨다. 그러자 사장님이 갑자기 나를 보며 둘 다 자기 밑에서 일을 했으니 본인도 책임이 있다면서 아버지가 진 빚의 절반은 본인이 줄 테니 나머지는 아들인 내가 갚는 것이 어떠냐고 제안하였다. 나는 그 자리에 바로 말씀드렸다.

"사실 장례를 마치면 한정 상속 포기를 할 생각인데 그렇게 되면 법적으로 우리 가족이 아저씨 돈을 갚을 의무는 없어요."

아저씨의 표정이 갑자기 어두워졌다. 나는 말을 이어 나갔다.

"그런데 아저씨 돈은 장례 마치면 바로 드릴게요. 아저씨도 힘드실 텐데 돈까지 안 드리는 것은 도리가 아닌 것 같네요. 그리고 사실 지금까지 통장에 입금해 드린 돈도 제가 계속 입금하고 있던 거였어요."

아저씨의 표정이 다시 밝아지면서 나의 손을 꼭 잡았다. 아저씨 가족분이 그 대출에 대해 알게 되었고 그것 때문에 본인도 난처해진 입장이라고 설명했다. 걱정하지 말라고 말씀을 드렸다. 이런 대화를 옆에서 지켜보던 사장님은 아버지의 사진을 바라보다 조용히 아버지에게 말을 했다.

"이 친구야, 네가 능력이 없어서 자식들이 너무 훌륭하게 자랐네. 그것도 네 복이지. 편하게 눈 감아도 문제없겠다."

사장님은 내 어깨를 조용히 두드려 주시고는 친구분을 모시고 장례식장을 떠나셨다. 내 앞에서 눈물까지 보이던 그 친구분은 웃으면서 아버지한테 고맙다는 말만 반복했다. 나는 그 돈을 갚을 법적인 의무가 없는 것을 확인했고 그냥 무시한다고 해도 누가 나를 욕하지는 못했을 것이다. 하지만 적어도 사람답게 살고 싶었다. 물론 그 돈 천만 원이 내 손에 있다면 무엇이라도 할 수는 있겠지만 없다고 죽지도 않는다. 반면에 그 친구분은 천만 원 때문에 밤잠도 설치고 가정불화가 생길지도 모른다. 어떻게든 돌려 드리는 게 옳다고 생각했다.

장례식장에서 시간이 지날수록 신기한 것을 알게 되었다. 몇 년 만에 겨우 얼굴을 본 친척들이 내가 유학 다녀온 것과 군대에서 영어 교육 과정에 합격한 것, 그리고 이번에 미국 교육에 선발된 것까지 전부 알고 있었다. 아버지 친척들과의 왕래가 거의 없었을뿐더러 친척들과 그런 말을 전할 정도로 친한 관계도 아니었다. 정신없는 와중에 어머니께 여쭤봤다.

"엄마가 다 말했어요?"

어머니는 그런 말 한 적이 없다고 했다. 맞는 말이기도 했다. 어머니는 그런 자랑을 하는 것을 정말 싫어하는 분이었다. 친척 중 한 분에게 가서 물어봤다.

"형, 제 소식 어디서 들었어요? 오래된 일들도 있는데 어떻게 다 알아요?" 형이 웃으면 말했다.

"야, 삼촌이 네 자랑을 얼마나 하는지…. 가끔 만나면 너 이야기만 하고 갔어. 그래서 다 알고 있었지."

충격적이었다. 아버지는 내 앞에서 한 번도 내색한 적이 없었다. 물론 부사관이 되고 나서 큰 상을 받거나 하면 사진을 찍어 보내드리곤 했다. 장기 복무자로 선발돼서 정규직이 되었을 때도 제일 먼저 말을 했다. 하지만 그에 대한 답장이나 리액션은 없었다. 아버지가 반대했던 직업을 선택한 것 때문에 싫어하시는 줄만 알았다. 가끔 집에서 대화할 때 내가 무슨 일을 하는지 설명을 해도 본인 방위 시절 이야기로 답변을 대신하던 아버지였다. 그런 분이 친하지도 않은 친척 집에 일부러 찾아가서 자식 자랑을 했다는 게 믿기지 않았다.

아버지에게 나는 태어난 그 순간부터 마지막까지 자랑 그 자체였던 거 같다. 그런 아버지를 미워하기만 한 나 자신이 부끄러웠다. 피는 못 속인다고 나도 내 딸 앞에서 칭찬이나 표현을 잘하지 못한다. 하지만 내 프로필 사진이나 앨범은 모두 딸 사진으로 도배되어 있다. 사무실 책상에도 딸 사진을 사방에 두고 일을 한다. 이런 부모의 사랑을 감히 판단하려고 했던 나 자신이 한심스러웠지만 더 슬픈 건 이제는 고맙다는 말도 하지 못한다는 것이었다. 조금만 더 일찍 알았다면 아버지 닮아서 이렇게 사회에서 인정받는다고 말도 해 드리고 아버지 칭찬도 해 드렸을 텐데 무심하게 시간은 기다려 주지 않았다.

후회의 감정은 시간이 지나면 더 짙어진다. 사실 나는 아버지가 돌아가시면 걱정할 게 사라져서 마음이 편해질 줄 알았다. 살아계실 때는 항상 살얼음판을 걷는 기분이었다. 또 어디서 무슨 사고를 치지 않을까? 이번에는 왜 전화가 온 거지? 이런 의문과 불신 때문에 아버지의 진정한 사랑을 보지 못했다. 분노의 감정은 우리 관계에 큰 벽을 만들어 주었다. 사회생활을 하면서 자신의 아버지를 항상 자랑하는 분들을 보면 부러웠다. 저렇게 자랑거리가 많을까? 그들은 아버지에게 전화가 걸려올 때면 항상 행복한 목소리로 통화를 했다. 그리고 아버지 전화를 두려워하지도 않았다. 조금이라도 내가 마음의 문을 열었어야 했다. 아버지가 들어오실 수 있도록 기회를 드리는 것은 자식의 몫인 거 같다.

화장터로 가는 길

장례식장에서의 시간은 느리게 흘러갔고 그만큼 몸은 지쳐 있었다. 그리고 이제 정말 아버지를 보낼 시간이 다가오고 있었다. 우리 가족은 장례 지도사의 설명에 따라서 아버지의 마지막을 같이 준비했다. 마지막으로 아버지께 한마디씩 하였다. 솔직히 무슨 말을 할지 생각이 나지 않았다. 어머니와 동생은 울고 있었지만, 나는 눈물이 나지 않았다. 사실 나는 감정이 매우 여렸다. 영화나 드라마를 봐도 남들이 울지 않는 포인트에서 혼자 펑펑 울곤 했다. 그런 감정을 가진 것이 부끄럽지는 않았다. 그런데 그날 이후로 눈물이 흐르지 않았다. 아마도 정말 성숙한 어른이 된 거일 지도 모른다. 나는 아버지께 마지막 말을 남겼다.

"내가 있으니 걱정 말고 편히 쉬세요. 어떻게든 해 볼게요."

아버지 이마에 키스하라고 했다. 차가운 시체에 키스하던 그 감촉과 기분은 6년이 지난 지금도 잊히지 않는다. 살아 있는 동안에도 해 본 적 없는 스킨십을 죽음 사람에게 한다는 것이 너무도 어색했다. 그 차가운 살결의 느낌은 사실 너무도 불편했다.

아버지는 화장터로 갈 준비를 마쳤다. 장례식장 정산과 모든 뒤처리는 한 선배가 책임지고 확인해 주고 있었다. 참으로 고마운 순간이었다. 정말 믿었던 사람들은 오히려 잠깐 얼굴만 비치고 떠났지만 평소 별로 마음을 주지 않았던 사람이 남아서 저렇게 고생을 해 주는 모습에 더 감동을 받지 않을 수 없었다. 화장터로 가는 길에 관을 들어주기 위해 아버지 어린 시절 친구분들이 다시 발걸음을 해 주셨다. 그리고 역시나 기대하지 않았던 나의 동네 친구들이 화장터에 모습을 보였다. 아버지를 보내면서 대인관계에 대해서 참으로 많은 것을 배웠다. 그동안 볼 수 없던 것들이 비로소 보이는 듯했다.

화장을 마치고 아버지는 정말 한 줌의 재가 되었다. 인생의 마지막 흔적들은 작은 유골함을 가득 채우지도 못할 정도로 작았다. 허무했다. 아버지와 다른 삶을 살아온 사람의 마지막은 다른 모습일까? 모두 한 줌의 재가 되어 똑같은 장면으로 마무리할 것이다. 아버지의 마지막은 정말 초라해 보였다. 그렇기에 매 순간 최선을 다하고 후회 없는 선택과 행동을 하면서 자신의 삶을 돌보고 가꾸어야 한다고 생각했다. 죽음이라는 것은 너무도 간단해서 지금 살고 있는 이 삶이 더 복잡한 게 아닐까 하는 생각이 들었다.

산소로 향하는 길, 피곤의 최절정을 달리고 있었다. 군인이라서 밤을 새우는 것은 자신 있었는데 그런 차원의 문제가 아니었다. 몸도 마음도 모두 지쳐 있었다. 무릎과 종아리는 터질 것 같은 근육통이 있었고 얼른 끝내고 빨리 쉬고 싶다는 이기적인 생각까지 들었다. 산소에 가는 2시간 동안 아버지의 마지막을 떠올리기도 전에 잠에 빠져들었다. 얼마쯤 지났을까… 어머니가 우리를 깨웠다. 2시간이 2분처럼 느껴지는 순간이었다. 산소로 올라가는 길은 멀게만 느껴졌다. 올라가니 친척분들이 이미 묏자리를 정해 두었다. 막내이기에 때문에 2단 열 계단 바로 밑으로 정했다고 했다. 죽음의 순서가 아니고 나이순으로 정해진 것이 조금은 불편했다. 우리가 절을 하고 있는 동안에 아버지 비석이 올라왔다. 주변 친척들이 수군거리는 소리가 들리더니 이내 이게 뭐냐면서 우리 가족에게 물었다.

상황을 설명해 드렸더니 매우 불쾌한 말투로 왜 상의도 없이 비석을 세우냐는 것이었다. 묘비 하나 가지고 왜 이렇게 흥분하는지 전혀 이해할 수 없었다. 나는 가족을 대표해서 말을 이어갔다.

"화장해서 땅에 묻는데 적어도 어디에 계시는지 정도는 표시하는 게 맞잖아요. 그리고 아주 작은 크기여서 문제 될 게 없다고 생각했어요." 옆에서 언쟁을 듣던 먼 친척분이 다가와서 말해 주셨다.

"저기 위쪽에 너희 할머니 돌아가시고 아직도 비석을 못했는데 네 아빠 묘비를 먼저 두는 게 좀 거슬렸나 보네."

당황스러움을 감출 수 없었다. 아버지 형제들이 할머니를 잘 모시지 못한 것을 가지고 왜 지금 와서 우리에게 화풀이하는지 알 수 없었다. 옆에서 비석을 들고 온 분들은 뻘쭘해 하고 있었다. 갑자기 누군가 나서서 교통정리를 해 주었다. 그 덕분에 다행히도 준비한 묘비를 올려둘 수 있었다.

비석에는 "아버지 사랑합니다."라고 글이 새겨져 있었다. 그런데 사랑 글자가 반쯤 색깔이 덜 채워져 있었다. 눈에 거슬렸지만 이 상황에 그걸 따질 수는 없어 그냥 넘어가기로 했다. 하지만 마음 한구석에는 혹시 '사랑합니다.' 말의 진실성 때문에 이렇게 비석이 나왔나? 하는 어이없는 생각이 들었다.

산소에서 내려오는 사람들의 발걸음이 다들 가벼워 보이지 않았다. 사람이 태어날 때의 모습과 떠나는 순간의 모습은 너무도 대조되었다. 정말 빈손으로 와서 빈손으로 가는구나. 인생은 정말 짧은 것이었다.

아버지는 세상에 남기고 가는 것이 없지만, 만약 가진 것이 많은 사람이 죽으면 세상에 얼마나 많은 미련이 남을지 생각해 보았다. 이런 죽음의 허무함 때문에 욜로족이 생긴 것만 같았다. 죽음 앞에 가져갈 수 있는 것은 아무것도 없었다. 사람이 죽어도 세상은 똑같이 돌아갔다. 언제 그런 사람이 살아 있었냐는 듯 한순간에 모든 것을 잊은 듯했다.

장례식장으로 돌아가기 전에 잠시 식당에 들려 고생한 친척과 지인들을 위해서 점심을 대접하기로 했다. 모두들 담담하게 식사를 하고 있었고 어떤 테이블에서는 아버지 이야기가 들려왔다. 나는 친척들에게 말씀을 드렸다.

"아버지가 생전에 빌려 간 돈이 있다면 말씀해 주세요. 지금 드릴게요."

아무도 돈을 달라고 하지 않았다. 무언가 정 없이 들릴 수도 있지만 그렇게 해야만 했다. 나는 누구보다 핏줄을 불신하고 있었다. 그리고 아버지가 큰돈을 빌리지 않은 것도 알고 있었다. 당연히 빌려주지 않을 것을 알기 때문에 소액만 구걸했을 것이다.

식사를 마치고 식당에서 바로 집으로 향하는 분들께 인사를 드리는데 이전에 전화번호를 달라고 했던 친척분이 나에게 손짓을 했다.

"사실 네 아버지가 돈을 좀 빌려 갔다."

"지금 바로 드릴게요. 얼마예요?"

친척분은 부끄러운 듯이 그 돈은 받을 생각으로 빌려준 것이 아니라고 말하면서 나중에 산소에 돈 낼 일 있으면 앞으로는 나보고 내라고 했다. 역시나 예상했던 일들이 바로 일어나고 있었다. 나는 알겠다고 말하고 배웅해 드렸다. 참으로 아버지가 불쌍했다. 어떻게 저런 형제들을 두었을까? 정말 의지할 곳이 없었을 것 같았다. 그 힘들었던 순간에 누구에게 기대고 위로를 받았을지 안쓰럽기까지 했다. 살다 보니 가끔은 외동 자식인 것도 나쁘지 않겠다는 생각을 했다. 어느 정도 어른이 되어 사회생활을 하다 보면 각자의 삶 속에서 주변을 돌아볼 여유도 없이 바쁘게 살아간다. 그러다 보니 오히려 이웃만도 못한 친척이나 형제들도 많다. 어린 시절 같이 자라면서 생긴 추억은 그저 추억으로만 남겨 두는 것 같았다. 차라리 서운할 대상이 없으면 그것이 삶을 더 가볍게 만들고 실망할 것도 없을 것이다.

목욕탕에서

우리는 녹초가 된 몸을 이끌고 집에 도착했다. 나와 동생은 각자 방으로 들어가 바로 잠에 들었다. 상실감보다 육체의 피곤함이 우선이 되는 것 같았다. 한참을 자고 일어나니 한결 가벼운 느낌이었다. 거실로 나오니 어머니가 저녁을 차리고 있었다. 식탁에 앉아서 밥을 먹기 시작했다. 그제야 실감이 났다. 바로 아버지 자리가 비어 있었다. 이제 우리 가족은 3명이 전부였다.

아버지가 돌아가셨다고 해서 우리 삶이 달라지는 것은 크게 없었다. 이제까지 아버지 도움 없이 살아왔기 때문에 드라마 속 한 장면처럼 삶의 공백이 느껴지거나 당황하지도 않았다. 한편으로는 아버지가 사전에 연습을 시킨 것만 같았다. 나는 밥을 먹으면서 많이 웃었다. 어머니와 동생도 슬픔을 표현하기보다는 장례식장에서 있던 일들을 공유하면서 식사를 했다. 다만 임종을 보지 못한 것이 어머니의 발목을 잡는 듯했다. 나중에 들었는데 전화를 받고 동생과 어머니는 정말 미친 듯이 병원으로 달려갔다고 했다. 나는 그 모습을 가만히 그려 보았다. 만약에 내가 별 욕심 없이 군 생활을 했다면 해외 교육을 받지 못했을 것이다. 그랬다면 아버지의 곁에서 마지막을 지켜보았을 텐데 하는 후회가 밀려오기도 했다.

저녁을 먹고 동생과 함께 목욕탕에 갔다. 동생은 나와 함께 목욕탕 가는 것을 좋아했다. 군 생활을 하면서 같이 있는 시간이 적어졌지만 가끔 집에 오면 꼭 동생을 데리고 목욕탕에 갔다. 탕에 들어가서 이런저런 이야기를 나누며 서로의 등을 밀어 주고 나오면 몸도 마음도 깨끗해지는 느낌이었다.

사실 목욕탕에 대한 추억은 아버지가 만들어 줬다. 그 당시 동생은 어렸기에 잘 기억하지 못하겠지만 내가 초등학교 6학년까지 우리는 매주 목욕탕에 갔다. 물론 단칸방에 제대로 된 욕실이 없어서 씻지 못했기 때문에 가게 된 것이기는 했다. 그래도 나는 목욕탕 가는 날을 매번 기다렸다. 아버지는 목욕탕에 아들 두 명을 데리고 가는 것을 무척이나 자랑스러워하셨다. 나는 그 마음을 이해할 수 있을 것 같았다. 동생이 태어나고 잘 곳이 없어 옥상에서 같이 잠을 잘 때 아버지가 하신 말씀이 기억난다.

내가 태어날 때 아버지는 세상 모든 것을 가진 것만큼 행복했다고 한다. 그 이유 중 하나는 친척 중에 나랑 동갑인 두 명의 사촌이 있다. 둘 다 나보다 생일이 한 달 그리고 2주 빠르다. 한 명은 아버지 바로 위 형의 첫째였고 다른 한 명은 여동생의 첫 번째 아이였다. 세 명의 임산부가 같은 동네에서 출산을 했는데 어머니만 유일하게 아들을 낳은 것이었다. 성별이 뭐 그리 중요하냐고 하겠지만 당시만 해도 남아선호 사상이 남아 있었기에 그랬던 거 같다. 아마도 무엇 하나 자랑할 거 없는 초라한 인생에 내가 남자라는 이유로 아버지는 자랑거리 삼았던 게 아닌가 싶다.

아버지를 따라서 목욕탕에 가면 아버지는 뜨거운 물에 들어가 있는 시간을 엄격하게 정해 줬다. 어린 마음에 찬물에 들어가고 싶어도 뜨거운 물에 20분 동안 있어야만 했다. 아버지는 항상 동생 먼저 때를 밀고 나를 마지막에 밀어 줬다. 피부에서 뽀드득 소리가 날 때까지 비누로 머리와 몸을 닦아 주었다. 그리고 동생과 한창 놀고 있으면 나를 부르셨다. 아버지 등을 밀어드릴 차례였다. 그런 추억 때문인지 나는 성인이 되고도 한참을 비누로 머리를 감았다. 그 뽀드득한 감촉이 좋았다.

목욕을 마치고 나가면 항상 음료수 하나씩을 사 주셨다. 나는 매번 바나나 우유와 맥콜 중에 무엇을 선택해야 할지 고민을 많이 했다. 목욕탕 밖으로 나올 때의 공기는 항상 신선했다. 오르막길을 따라 올라가면서 동네 이웃들과 안부를 주고받으며 집으로 향했다. 도착하면 어머니 맛있는 밥을 차려 두셨다. 목욕을 마치고 먹는 밥은 언제나 꿀맛이었다.

안타까운 것은 이런 추억을 내 동생은 잘 기억하지 못한다는 것이다. 그래서 내가 대신 그 부분을 채워 주고 싶었다. 인생에 대한 조언, 진로 문제 등 아버지 대신 동생에게 관심을 가져 주었다. 그런 노력을 동생도 아는지 지금은 형을 더 챙겨 주고 걱정해 준다. 가끔은 내가 위로받기도 한다. 우리 형제의 그런 모습에 어머니는 언제나 뿌듯하게 생각하셨다.

청첩장

아버지가 떠난 후 나는 결혼을 결심했다. 장례식장에 찾아온 파란 눈의 외국인은 모든 사람의 시선을 사로잡았다. 여자 친구는 한국 문화가 무엇인지 어떤 행동을 해야 하는지도 잘 몰랐지만 어머니 옆에 앉아 잘 알아듣지도 못하는 대화를 들으며 자리를 지켜 주었다.

친척들은 신기한 듯이 관심을 가졌다. 내가 잠시 다른 손님들께 인사하러 나오면 어떻게 만났냐고 물어보기 바빴다. 그때는 모든 상황이 다 싫었다. 어떤 옷을 입어야 하는지도 잘 모르는 여자 친구는 한국 친구에게 대충 검은색을 입어야 한다는 말 정도만 전해 들었던 거 같다. 하지만 신발은 슬리퍼를 신고 장례식에 왔다. 발인 날에도 슬리퍼를 신은 채로 산에 올라갔다. 주변 사람들은 그 상황이 웃기는지 계속 말을 걸었다. 식사를 할 때도 친척들이 수군거리면서 우리 커플 이야기를 하고 있었다.

"저러다 캐나다로 떠나는 거 아니야?"

"차라리 저 여자애랑 잘 돼서 떠나면 좋겠다. 고생도 이만저만 많았는데 캐나다 가서 살면 좋을 거 아니야."

비겁하게 도망가기 위해서 결혼을 선택하고 싶지는 않았다. 하지만 가장 힘든 시간에 옆에 있어 주니 나도 여자 친구가 다르게 보였다. 무엇에 홀린 것처럼 이 사람과 결혼해야겠다는 생각이 들다가도 한편으로는 내가 외국인이랑 평생을 같이 살 수 있을까? 하는 의문이 들기도 했다. 몇 번의 유학 경험을 통해 해외 문화와 정서가 나랑은 잘 맞지 않는다는 것을 깨달았다. 외국에 있을 때면 지겹게만 느껴졌던 한국이 항상 그리웠다. 정서가 다른 사람들과 잘 어울리지 못하는 것도 알게 되었다.

처음에는 영어를 배우겠다는 목표 하나로 무서울 것 없이 외국인을 찾아다녔다. 내가 배우고 연습한 문장으로 말할 때마다 다시 태어난 것 같은 쾌감을 느꼈다. 학습 시간은 오래 걸렸지만 노력에 대한 보상을 받는 것만 같았다. 영어가 너무 재미있어서 멈출 수가 없었다. 그리고 그런 과정을 통해 지금의 가족을 만나게 되었다.

남은 교육 과정을 위해 다시 미국으로 출국하기 전에 프러포즈를 하기로 결심했다. 여기서 떠나면 다시는 보지 못할 것 같다는 생각이 나를 사로잡았다. 무턱대고 종로 보석 상가로 향했다. 막상 도착하니 반지를 구입할 용기가 나지 않아 그 앞을 계속 서성였다. 확신이 부족했던 것이다. 무언가 확신을 얻고 싶던 나는 그 앞에 있는 운세를 봐 주는 집으로 들어갔다.

"무엇을 봐 드릴까요?"

"제가 외국 여자랑 결혼하면 잘 살 수 있을까요?"

"아무렴 한국 사람이랑 사는 것보다는 힘들겠죠? 그런데 아마도 사주를 보니 잘 견디며 살 수도 있을 거 같네요."

무엇인가 찜찜한 답변이었다. 하지만 그렇게라도 물어보고 싶었다. 나라서 잘 버티고 산다는 말의 의미는 행복하게 살 수 있다는 건가? 스스로 질문을 던지며 밖으로 나왔다.

결국 반지를 사지 못하고 집으로 돌아왔다. 다음날도 결혼에 대한 생각이 머릿속을 떠나질 않았다. 다시 종로로 향했다. 이제 3일 후면 다시 미국으로 가야 했다. 마음이 너무도 조급했다. 대충 인터넷으로 후기를 확인하고 보석 집에 들어가서 프러포즈 반지를 주문했다. 그제야 마음이 후련해지면서 그동안 걱정했던 것들이 정리되는 느낌을 받았다.

미국 출국 하루 전날, 여자 친구를 만나서 근사한 한강 변의 레스토랑에 갔다. 멋진 멘트와 함께 청혼을 하려고 했는데 결국 말이 나오지 않았다. 반지는 내 주머니에서 잠자고 있었다. 말할 시기를 놓치자 초조해졌다. 결국 차를 타기 직전에 한강 주차장에서 반지를 전해 주었다. 참으로 멋없는 프러포즈였다.

하지만 여자 친구는 반지를 받고 너무도 좋아했다. 생각보다 너무 행복해하는 모습을 보면서 잘했다고 스스로를 칭찬했다. 여자 친구를 데려다주고 집으로 향하는 차 안에서 나는 계속 아버지를 떠올렸다. 왠지 아버지의 죽음이 나의 결혼을 부추긴 거 같은 느낌을 받았다.

지금 생각해 봐도 아버지 장례식장에 여자 친구가 오지 않았다면 나는 프러포즈를 하지 않았을지도 모른다. 장례를 하는 동안 친척들의 모든 관심과 여자 친구에 대한 고마운 마음이 갑자기 결혼을 생각하게 된 결정적인 계기였다. 그리고 우리는 다음 해에 결혼을 하기로 했다.

나는 결혼 준비를 하면서 청첩장에 돌아가신 아버지의 이름을 넣었다. 주변에서 왜 고인을 넣었냐고 하는 사람들도 많았다. 하지만 꼭 아버지의 이름을 넣고 싶었다. 만약에 살아 계셨다면 얼마나 기뻐했을지 생각하니 가슴이 벅차올랐다. 동네방네 정말 많이 자랑하고 다니셨을 아버지였다.

결혼식에서 어머니는 아버지를 그리워하는 것처럼 보였다. 아마도 비어 있는 의자에 아버지가 앉아서 행복해하는 모습을 상상했을 것이다. 그 상실감은 무엇으로도 위로해 드릴 수가 없었다. 결혼식을 마치고 나는 어머니의 손을 말없이 잡아 드렸다. 어머니의 손이 떨리는 게 느껴졌다.

결혼 준비 기간 동안 어머니는 미안하다는 말만 반복했다. 큰아들 결혼인데 아무것도 해 준 것이 없어 죄책감에 시달리고 있는 듯했다. 결혼식 전날 200만 원을 나에게 건네주셨다. 나는 받지 않았다. 돈 걱정 말라면서 받지 않았는데 생각해 보면 그 돈을 받았어야 했다. 적어도 지금까지 이렇게 키워 주셔서 너무 감사하다고 하면서 행복하게 받았어야 했다. 나의 오만함과 건방짐이 어머니에게 상처를 주었을 것이다.

결혼에 많은 돈이 들지는 않았다. 한국 사람끼리 혼인하는 것이 아니었기에 불필요한 보여 주기 식 절차는 모두 생략되었다. 또한 군인이기에 집 문제도 자연스럽게 해결되었다. 가전제품은 가장 저렴한 거로 고르고 나머지 모자란 것은 살면서 하나씩 채우기로 했다.

주변 사람들은 결혼 준비하면서 많이 싸우고 힘든 시간을 보냈다고 하는데 우리는 정반대였다. 모든 것이 단조로웠다. 하지만 지나고 보니 세상이 공평하다는 것을 다시 한번 느낀다. 준비와 그 시작은 쉬웠지만 청혼을 하고 준비를 하면서 나는 점차 자신감이 사라졌다. 어떻게 다문화 가정을 감당해야 할지 겁부터 났다. 어머니께 전화해 고민을 털어놓았다. 어머니는 외국인이어도 착하고 따지는 것도 별로 없으니 오히려 괜찮을 거라고 나를 달래 주셨다. 사실 내세울 것 하나 없는 우리 집에서 남들처럼 자식 결혼을 시키는 것에 대해 어머니는 두려워했다. 나도 결혼하기 전에 일시적으로 찾아오는 걱정이라고 생각하고 차분히 결혼식을 다시 준비했다. 하지만 한국에서 다문화 가정으로 살아가는 것은 쉬운 일이 아니었다. 한국 커플에게는 간단한 일이지만 다문화 가정이라는 이유로 힘들게 헤쳐 나가야 하는 일들이 많아졌다. 생각보다 힘들어하는 아들을 보면서 어머니는 더욱 안쓰러운 마음으로 불안해했다. 그럴 때마다 괜찮다고 담담한 척하며 잘 버티며 살고 있다고 보여 주었다. 아들의 행복이 자신의 전부인 어머니에게 더 이상 어떤 상처도 주고 싶지 않았다. 그리고 어떤 어려움도 헤쳐나가는 생존법을 부모님으로부터 배워서 견딜 수 있었다.

무덤을 파면서

아버지의 장례 후 1년이라는 시간이 흘렀다. 가족들은 모두 각자의 삶으로 빠르게 복귀했다. 한 사람이 죽어도 세상은 변하는 것이 하나도 없었다. 그것이 아버지여도 마찬가지였다. 참 서운하면서 무서운 것이 인생이구나 싶었다.

하지만 그런 고요함은 전화 한 통에 바로 무너졌다. 아버지가 돌아가신 이후 연락 한 번 없던 친척에게 전화가 왔다. 할머니 산소를 이장한다는 이야기였다. 아버지 형제들이 돈을 모아서 산 선산인데 이장을 한다는 게 이해가 되지 않았다. 듣고 보니 전주에 가문의 조상을 모시는 곳이 있는데 이장을 하게 되면 주변 개발로 인해 보상을 받을 수 있다는 말이었다. 할아버지와 할머니를 그쪽으로 모실 예정인데 그 밑에 묻혀 있는 아버지도 같이 모시자고 연락이 온 것이다. 이후에 다른 친척들에게 전화가 빗발쳤다. 아버지 형제들 모두가 동의한 이전이 아니었던 것이다. 나는 무척이나 심란했다. 전주에 모시고 싶은 마음은 전혀 없었다. 아버지는 할머니 근처에서 잠들고 싶다고 하셨지만 그곳을 좋아하셨던 이유가 컸다.

나는 우리 가족에게 아버지를 납골당에 모시자고 제안했다. 어머니와 동생은 반대가 없었다. 더 이상 친척들과 엮이는 것을 원치 않았기 때문이다. 다른 친척들은 나까지 다른 곳으로 이장하면 그 선산을 팔까 봐 걱정하고 있었다. 하지만 돈이 중요한 문제가 아니었다. 이런 상황이 생긴 것이 싫었다. 죽은 사람이라도 너무 쉽게 대하는 것만 같았다.

먼저 주변에 납골당을 빠르게 알아봤다. 다행히도 깨끗하고 거리도 적당한 곳을 찾았다. 휴가를 내고 아버지의 유해를 옮기기로 했다. 전문으로 이장해 주시는 분들에게 부탁했어야 했는데 거기까지는 미처 생각하지 못했다. 작은 유골함에 넣어서 묻었으니 파서 꺼내면 될 거라고 너무 쉽게 생각했다.

어머니와 동생과 함께 산소로 출발했다. 아버지가 슬픈지 일기예보에도 없던 비가 갑자기 내리기 시작했다. 우리가 산소에 도착했을 때 땅은 이미 다 젖어 있었다. 동생은 무덤에 삽질을 한다는 것은 말도 안 되는 일이라고 불평을 늘어놓았다. 그래도 큰 형인 나를 따랐다. 우리 형제는 가장 먼저 비석을 들어 옆으로 옮겼다. 어머니는 우산을 들고 안타깝게 우리를 바라보고 있었다.

오는 길에 산 작은 야전삽으로 땅을 파기 시작했다. 날씨라도 맑았으면 기분이 덜 이상했을 텐데 비가 계속 내리니 뭔가 더 심란하게만 느껴졌다. 흙은 빗물과 함께 안쪽으로 계속 흘러들어 갔다. 나는 유골함이 상할까 봐 삽을 내려놓고 손으로 땅을 파기 시작했다. 동생은 못마땅한지 한발 물러서서 한숨을 쉬고 있었다. 어느 정도

땅을 파니 유골함이 보였다. 꺼내려고 당겨보았지만 빗물로 진흙이 된 땅은 유골함을 놓지 않으려고 했다. 나는 동생을 불렀다.

"주변을 크게 파서 유골함을 꺼내야 할 거 같아. 빨리하자."

동생은 야전삽을 들고 다시 내 곁으로 왔다. 주변을 모두 파고 동생과 함께 유골함을 들어 올렸다. 그런데 예상하지 못한 일이 발생했다.

유골함이 부서져 버린 것이다. 그때 깨달았다. 상조회사 직원이 유골함을 선택해야 한다며 3가지 옵션을 보여 줬는데 그 당시에는 이장할 거라는 생각을 전혀 하지 못했기 때문에 가장 저렴한 것을 선택했던 것이다. 나중에 썩어 없어지는 나무로 된 유골함이었는데 돌아가신 지 얼마 지나지 않았으니 문제없을 거라고 생각했던 게 잘못이었다.

순간 아버지의 유골이 깨진 유골함 사이로 흩어졌다. 동생은 무척이나 화가 나 있었다. 나와 엄마는 유골과 진흙을 손으로 긁어모아서 담기 시작했다. 빗물에 온몸이 젖고 옷은 엉망이 되었다. 아무리 긁어모아도 유골이 여전히 흙에 남아 있었다. 동생까지 합류해서 최대한 유골을 담으려고 몸부림쳤다.

납골당 유골함에 유골도 없이 빈 채로 둘 수가 없었다. 그렇다고 지금 이 산소 자리가 영원히 남아 있을 것 같지도 않았다. 할아버지, 할머니를 다른 곳으로 모시고 나면 분명히 팔아버릴 것만 같았다. 나는 아버지의 일부를 이곳에 외롭게 남겨두고 싶지 않았다.

빗물 때문에 유해는 계속 땅속 깊이 숨어 버렸다. 아버지가 떠나기 싫다고 우리에게 저항하는 것처럼 느껴졌다. 순간 후회가 밀려왔다. 그냥 두거나 전문가를 불러서 편하게 모셨어야 했다.

결국 우리는 포기하고 지금까지 모은 유해 진흙을 들고 납골당으로 향했다. 운전하는 동안 가족들은 모두 아무 말이 없었다. 진흙 냄새가 차 안에 진동했다. 실수한 것 같아서 자책을 하고 있는 나에게 어머니는 괜찮다고 위로해 주었다. 납골당에 도착해서 직원에게 유해를 보여 주었다. 직원은 이 상태로 유골함에 넣을 수 없다고 단호하게 말했다. 나는 절망했다. 적어도 아버지의 흔적이라도 남기고 싶었다.

직원은 여기서 유해를 분리해서 건조된 상태로 넣어야 한다면서 업체를 소개해 주었다. 소개받은 업체에 바로 전화해 상태를 말했더니 납골당으로 와서 조치해 주겠다고 했다.

조금 기다리니 봉고차 한 대가 납골당으로 들어왔다. 커다란 가스통과 토치를 든 중년의 남성분이 다가오셨다. 유해를 확인해 보더니 자기가 잘 분리해 줄 테니 걱정 말라고 했다. 불로 흙을 태우기 시작했다. 한참이 지나고 흙과 뼛가루가 분리되었다. 완벽하게 골라낼 수는 없었지만 그래도 조금이라도 유골함에 담을 수 있었다. 남은 흙은 납골당 뒷산에 올라가서 뿌려 드렸다. 납골당에 안치를 시키고 가족사진과 손녀딸 사진을 넣어 드렸다. 그럼에도 불구하고 산소와 뒷산과 납골당에 뿌려진 아버지의 유해가 마음에 걸렸다.

모든 일을 마치고 집으로 내려가는 차 안에서 나는 아버지가 너무도 불쌍했다. 죽어서도 편하게 계시지 못하는 그분의 팔자가 참으로 안쓰러웠다. 동생의 비석을 만들어도 뭐라고 하고 잠든 지 얼마 안 되는 동생을 다른 곳으로 옮기라고 하고 장례식장에서 동생보다 체면을 중시하는 그런 형들을 둔 불쌍한 막내아들이었다. 나는 그분들과 비공식적으로 인연을 끊기로 결심했다. 아쉬운 소리를 할 필요도 없고 도움 따위는 더욱더 필요 없었다. 아버지 돌아가셨을 때 약속했던 대로 내 손으로 가족들을 지키겠다고 다시 한번 다짐했다.

집으로 돌아와서 저녁 식사를 했다. 하루 종일 무슨 일을 했는지 기억도 하기 싫었다. 친척들에 대한 원망만 가슴속에 남아 있었다. 계속 마음을 쓰는 나를 보고 어머니가 말씀하셨다.

"신경 쓰지 마라. 네 아빠 원래 밖으로 돌아다니는 거 좋아했잖니. 아주 골고루 뿌려 드렸으니 좋아하실 거야."

왠지 그 말에 위안이 되었다. 한 곳에 진득하게 있는 것을 잘 못하는 아버지였다. 그래서 그런지 나와 동생은 집에 잘 붙어 있다. 아마도 매일 밤늦게 들어오고 주말에도 친구를 만나러 나가는 아버지 모습을 기억하고 좋은 모습은 닮아가려고 하지만 나쁜 것들은 본능적으로 거부하기 때문일 것이다.

아버지를 보낸 후 결혼을 하고 한 집안의 가장이 되어 살고 있는 지금, 결혼이라는 것이 항상 행복할 수 없다는 것을 알게 되었다. 표현할 수 없는 불안감과 지켜야 하는 가족에 대한 무게감은 나를 힘들게 하기도 한다. 그리고 가족이기 때문에 나의 고민이나 힘든 이야기를 더 하기 어렵다는 사실도 이해가 되었다.

만약에 나를 힘들게 하는 모든 이야기를 털어놓을 수 있고 나를 위로해 주는 사람이 있다면 의지하며 기대고 싶지 않을까? 아버지도 얼마나 외로웠을지 이제야 알게 되었다. 결혼은 나의 많은 감정을 사막처럼 메마르게 만들었다. 별로 슬프지도 않은 영화나 드라마에 장면에도 눈물을 흘리던 나였는데 천하무적처럼 강해졌다. 이제 눈물도 나지 않는다. 삶을 바라보는 시각도 혼자일 때와 비교할 수 없이 달라졌다. 이제는 친한 친구들을 만나도 힘들다는 말이 나오지도 않는다. 아마도 못난 나의 아버지도 똑같이 힘들었던 거 같다. 옆에 있을 때 위로를 해 드리고 표현을 하지 못한 후회는 이제는 나의 짐이 되어버렸다. 너무 가까이 있었지만 지금은 먼 곳에 있어서 사랑한다고 표현할 수 없는 아버지가 그립다.

아버지가 된 아들

아버지의 기억은 시간의 흐름과 반대로 더 선명해졌다. 특히 결혼을 하고 자녀가 생긴 후로 그리움의 무게는 더 커져만 갔다. 자식이 생기고 나니 내 삶은 주인공은 더 이상 내가 아니었다. 내 삶은 언제나 나 스스로의 욕심을 채우기 위한 놀이터였는데 어느덧 전쟁터가 되어 버렸다. 아빠가 된다는 것은 나를 잃어버리는 것과 같았다. 어느 날 직장에서 누군가가 갑자기 내 나이를 물어봤다. 신기하게도 나이가 떠오르지 않았다. 아직 젊은데 기억력이 깜빡하는 걸까? 나는 딸의 나이를 떠올렸다. 지금 5살이니까 내가 결혼했던 나이에 딸의 나이를 더했다. 그렇게 계산을 해서 어렵게 나이를 말했다. 그리고 그 순간 부모님이 떠올랐다. 가끔 부모님께 나이를 물으면 바로 대답하지 못하곤 했던 기억이 난다. 나도 그렇게 부모가 되어 가고 있었다.

아빠가 되고 나서의 세상은 완전히 다른 세상이 되었다. 모든 결정과 행동의 기준이 나 자신이 아닌 딸에게 맞춰져 있었다. 예전의 나는 정말 이기적이었다. 비싼 음식을 먹기는 꺼려도 자기 계발을 위한 돈은 얼마를 지불하든 결과가 좋든 나쁘든 상관없이 그 돈이 한 번도 아깝지 않았다. 그 무엇보다 내가 성장하는 것이 우선이었다.

자식이 생기기 전의 나는 직장에서 '자녀 때문에…'라는 말을 꺼내는 선배들의 모습을 전혀 이해하지 못했다. 인사과에서 일 할 때 동료들에게 냉정하게 말하곤 했다. '왜 자녀 핑계를 대는 거지? 커리어를 쌓는 게 더 중요하지 않나?'라고 생각하곤 했다. 군인이란 직업은 거주지를 선택할 자유가 없다. 명령에 따라 배정된 곳에서 나라를 지켜야 한다. 하지만 자녀가 생기고 나니 입장이 달라졌다. 어느 순간부터 나도 모르게 '딸 때문에….'라는 말을 하고 있었다. 직장에서 인정받는 사람이 되고 싶어서 남들이 가지 않는 해외 유학, 대학원, 각종 자격증 취득 등 스펙 관리에 신경을 썼다. 경력에 도움이 된다면 근무 지역 따위는 상관없었다. 하지만 지금은 가고 싶은 자리가 있어도 딸과 가족을 1순위로 생각하게 된다. 그렇다고 해서 그런 내 모습이 전혀 부끄럽지 않다. 남의 시선 따위는 중요하지 않다. 오로지 다른 곳으로 이사하면 새로 적응해야 하는 가족들이 걱정될 뿐이다. 가능한 좋은 환경에서 자녀를 키우고 싶은 부모의 마음이 되어 버린 것이다.

지금은 어떤 역경과 좌절 속에서도 나를 행복하게 하는 유일한 존재가 생겼다. 바로 내 딸이다. 너무도 맑고 순수하며 어떠한 오염도 되지 않은 단 하나뿐인 또 다른 나였다. 힘들게 일하고 퇴근하면 정말 아무것도 하고 싶지 않지만 그런 날에도 현관문 앞에서 활짝 웃는 아이의 얼굴을 보면 영화 속 슈퍼 히어로처럼 무한의 에너지가 몸속에서 뿜어져 나온다. 부정하고 원망하고 싶은 어려움이 내 앞에 널려 있어도 딸의 한마디면 마법처럼 행복한 일로 변해 버린다. 그 힘은 너무도 강력하고 아름다워서 저항할 수도 없다.

딸의 장래에 대해 바라는 게 별로 없지만, 딱 한 가지 바라는 것은 철없는 아이로 키우고 싶다. 일찍 철들어 버린다는 것은 어른 흉내를 내면서 살아가야 한다는 것이다. 아빠가 되고 나니 어떻게 하면 아이를 오래도록 순수한 모습으로 키울 수 있을지 고민하게 됐다. 물론, 시작이 평범하지 못한 부모 덕에 딸에게 벌써 큰 부담을 준 것은 아닌지 걱정스럽기는 하다. 다문화 가정이기에 다른 아이들보다 많은 고민을 하는 것처럼 보일 때가 있다. 엄마에게는 영어로 아빠에게 한국어로 대화할 때 힘들어하는 모습을 보면 괜히 미안하다. 그래서 최대한 친구처럼 같이 놀기 위해 많은 노력을 한다. 물질적인 것이 딸의 미래에 큰 도움이 될지도 모른다. 돈을 많이 벌어서 하고 싶은 거 다 해 주는 것도 큰 역할 중 하나이겠지만, 지금 6살의 어린 딸은 그런 것보다 아빠랑 같이 놀이터에 가고 저녁에 같이 밥을 먹고 동화책을 같이 읽는 것을 더 바랄 것이다. 나도 아버지가 무능하다는 이유만으로 미워했던 것은 아니었다. 같이 시간을 보내지 않는 것에 대한 서운함이 컸다는 것을 나중에 깨달았다.

이런 노력에도 나에게 상처를 준 날도 있었다. "아빠는 싫어. 저리 가."라고 말하는 딸이 밉기도 했다. 매일 늦게 들어오고 함께 한 시간이 부족하니 아빠를 미워하는 것이 당연한 일이었다. 하지만 육아 휴직을 하고 아침에 같이 밥을 먹고 어린이집 등교를 시키면서 딸이 정말 바라는 것이 무엇인지 확실히 알게 되었다. 단지 아빠가 곁에 있는 것을 원했던 것이다. 무엇과도 바꿀 수 없는 가치를 딸을 통해서 배웠다. 그 작은 손을 잡고 등교를 시키면서 나누는 짧은 대화가 나의 어두운 삶을 밝게 만들어 준다. 매일 저녁, 같이 놀이를 하고 목욕도 시키면서 행복이라는 것에 대해 다시 생각하게 된다.

어느 날은 추운 길바닥에서 붕어빵 하나로 추억을 만들었다. 그리고 다음 날 어린이집에 가서 아빠랑 붕어빵 먹은 것을 자랑했다고 한다. 나는 이런 딸을 통해 진정한 사랑 표현법에 대해 배우고 있다. 사실, 좋은 아빠가 되는 법을 배운 적이 없다. 그래서 딸이 태어나고 한편으로 두렵기도 했다. 무슨 시험 문제를 풀 듯 정답을 너무 거창하게 찾고 있었다. 그런 막막함과 마주하면서 좋은 길잡이가 되기 위해 노력하고 있다. 때로는 너무 편한 친구처럼, 때로는 기대고 싶은 오빠처럼, 때로는 이기심을 부리고 싶은 동생처럼 옆에서 조용히 철없이 성장하는 딸을 지지해 주고 싶다. 그리고 후회 없이 사랑을 표현하고 아빠라는 존재가 보잘것없는 사람이라는 생각이 들지 않도록 노력하고 있다.

제7화

어둠의 그림자

효도선물 건강검진

결혼식을 마치고 생각보다 많은 사람들의 축하에 감동을 받았다. 신부가 외국인이기에 하객이 적을 줄 알았는데 전국 각지에서 많은 분들이 와 주셨다. 축의금으로 결혼 비용을 정산하여도 예상했던 것보다 많은 돈이 남았다. 물론 그 돈으로 신혼집에 물건을 살 수도 있었지만 나는 어머니께 종합 건강검진을 시켜드리고 싶었다. 아버지가 살아 계셨을 때 이런 검진을 챙겨 드렸다면 B형 간염에서 간암까지 되는 일은 없었을 것이다. 그런 후회를 두 번 다시 느끼고 싶지는 않았다. 평소 소식을 해 온 데다가 고혈압을 제외하고는 특별한 지병이 없던 어머니여서 큰 걱정은 하지 않았다. 병원에서 일을 하고 있는 동생에게 돈을 주며 좋은 곳에 모시고 가서 다양한 검사를 받으실 수 있도록 부탁했다.

이제 내 곁에 유일하게 남아 계신 어머니가 더 건강하게 사시길 바라는 마음뿐이었다. 어머니는 본인은 건강하다며 그런 데에 거금 쓰지 말고 생활하는 데 보태 쓰라고 말리셨다. 결혼할 때도 아무것도 챙겨준 게 없어서 계속 마음에 걸리시는 듯했다. 나는 그런 어머니께 지금까지 일해서 번 돈을 보여 드리고 걱정하지 말라고 아들

돈 많다고 허세를 부리며 안심시켜 드렸다.

항상 부모는 본인보다 자식 걱정이 앞서는 것 같다. 아들이 군인 생활을 하면서 고생하는 것에 항상 마음을 쓰셨다. 그런 모습을 볼 때면 가끔 어머니 앞에서 군인 생활이 힘들다고 투정부렸던 나 자신이 한없이 부끄러웠다. 나이를 먹을수록 어머니나 주변 사람들에게 힘들고 지친다는 말을 못하게 된 것도 그런 이유였다. 어른이 되는 과정은 세상에서 외톨이가 되는 것만 같았다. 되돌아보면 나는 어설픈 어른 아이였다.

동생은 어머니를 모시고 검사를 마친 후에 전화를 줬다. 추가 검사까지 해서 잘 시켜드렸으니 걱정 말라는 전화였다. 미국 교육 이후에 갑자기 지방 부대로 보직되는 바람에 어머니를 챙기는 사소한 일은 동생이 전담하게 되었다. 그런 고생을 시키고 싶지 않아서 아버지 병간호도 잘 부탁을 안 했는데, 나라를 지키는 일은 역시 쉽지 않았다. 그래도 불만 없이 어머니를 모시고 다니는 동생이 있어서 참으로 든든했다. 항상 어리고 철없다고 생각했던 동생도 어느덧 어른의 향기를 풍기고 있었다.

그리고 며칠이 지났을까. 동생에게서 다급한 목소리로 빨리 서울에 올라오라는 전화가 걸려왔다. 문득 생각해 보니 어머니 건강검진 결과가 나오는 날이 되었음을 알게 되었다. 전화로 말하기 힘든 일이냐고 물었지만 동생은 말을 아꼈다. 휴가를 내고 퇴근과 동시에 서울로 올라갔다. 불길한 느낌은 미칠 듯이 나를 두렵게 했다. 무슨 질병인지 말은 안 했지만 큰일이 난 것은 분명했다. 아버지가 돌아가시고 1년도 지나지 않았다. 결혼식 그리고 임신 등 나름 평범하고 행복한 소식들이 내 주변에 생기는 듯했다. 그동안 고생했으니 이제는 행복할 때도 됐다고 나 스스로를 위로하면서 지내고 있었다.

서울 집에 도착하니 동생이 어두운 표정으로 거실에 앉아 있고 어머니는 안방에 조용히 누워 있었다. 급한 마음에 언성을 높여가며 동생을 다그쳤다.

"형… 엄마 위암이래…."

순간 아무런 말도 할 수 없었다. 모든 삶이 멈춰 버린 거 같았다. 납득할 수가 없었다. 아버지처럼 삶의 패턴이 엉망이거나 자신의 몸 관리를 소홀히 했던 어머니가 아니었다. 차분하게 동생에게 설명해 보라고 했다. 동생은 이미 세부적으로 의사 선생님에게 설명을 듣고 온 상태였다. 위암 초기인데 발견된 종양이 악성이어서 전이가 아주 빠르다는 것이었다. 결국 수술을 받아야 한다고 했다. 우리가 말하는 동안에 어머니는 숨소리조차 내지 않고 우리 옆에 조용히 앉아 계셨다. 지금 이 순간이 꿈이라면 소원이 없을 텐데 눈앞에는 진단서가 놓여 있었다. 동생은 수술을 서둘러야 한다고 성급하게 재촉했다. 아버지는 간암 말기였다. 그럼에도 더 큰 병원을 알아보지 못한 것에 대해 나중에도 한참 동안 후회로 남았다.

전이가 빠른 악성이기 때문에 두 가지 방법 중 하나를 선택해야 한다고 했다. 하나는 종양 부분만 절제하는 수술이고, 다른 하나는 위의 3분의 2를 절제해서 전이까지 차단하는 방법이었다. 나중을 생각한다면 당연히 두 번째 수술을 선택해야만 했다. 하지만 위를 거의 다 절제하면 얼마나 불편하고 혹여나 나중에 후유증이 생길까 하는 걱정이 앞섰다. 동생에게 일부 종양만 제거하는 수술이 어떠냐고 말했다. 동생은 아버지 때와 다르게 크게 흥분해 있었다.

동생은 두 번째 방법을 택했다가 다른 부위로 전이돼서 돌아가시면 어떻게 할 거냐며 나를 몰아세웠다. 처음으로 동생이 반항하는 것 같았다. 동생은 위는 시간이 지나면 늘어나기 때문에 재활 잘 받고 운동만 열심히 하면 문제없다고 자신 있게 말했다. 우리는 암이 전이돼서 죽음으로 가는 과정을 이미 모두 지켜보았다. 아버지의 간암은 뇌로 전이가 되었고 마지막에는 폐까지 전이되었다. 결국 동생의 의견을 따르기로 했다. 어머니 얼굴을 바라볼 수 없어서 밖으로 나왔다. 한없이 불쌍한 여자였다. 고생이란 고생은 다 하고 남편에게 위로조차 받지 못하고 한평생을 본인의 이름도 잊은 채 우리들의 엄마로 살아온 여자였다. 내가 열심히 일하고 돈을 모은 이유도 어머니께 효도하고 호강시켜드리고 싶어서였다.

항상 미안하다고 말만 하는 어머니께 잘살고 있다고 당당하게 보여 드리고 싶었다. 어머니는 언제나 세상에 유일한 내 편이었다. 내가 자퇴를 할 때도 나를 믿어 줬고, 직업 군인이 되겠다고 할 때도 언제나 지지해 줬다. 만약에 그 믿음이 없었다면 분명히 사람 구실 못하고 폐인이 되었을 것이다. 세상 원망만 하며 한없이 초라하게 지냈을 것이다. 그런데 아버지가 떠나고 1년도 안 돼서 어머니까지 암에 걸렸다는 것은 내 인생도 함께 암에 걸렸다고 말하는 것과 같았다.

우리는 최대한 빠르게 수술 날짜를 잡았다. 전이가 빠르게 진행될 수도 있다는 말에 마음이 급해졌다. 결국 위를 거의 모두 절제하기로 했다. 그렇게 해서라도 오래 사실 수만 있다면 뭐든 할 수 있을 것 같았다. 왜 이런 일들이 우리에게만 계속 일어나는지 도무지 받아들여지지 않았다. 어머니 소식을 전해 들은 친척들은 우리 형제를 동정하는 눈빛으로 바라보았다. 조금 더 있으면 모든 것이 자리를 잡고 손녀도 보면서 행복하게 살아갈 날들만 남았다고 생각했다. 하지만 우리에게 그런 행운은 사치라는 것을 나중에 알게 되었다. 항상 흑백 속에서 살고 있는 느낌이었다.

또다시 찾아온 암

병원에 입원하기 전날 어머니를 모시고 동생과 함께 소 곱창을 먹으러 갔다. 먹고 싶은 음식을 물어보니 소 곱창을 먹고 싶다고 하셨다. 어머니가 소 곱창을 좋아하는지 그때까지 알지 못했다. 어릴 적 아버지와 함께 곱창을 먹으러 자주 갔는데 단순히 아버지 거래처라서 가는 줄만 알았다. 어머니는 담담한 척하고 있었지만 사실 많이 두려웠던 것이다. 옛 추억을 친구삼아 수술의 무서움을 달래고 싶었던 것이다. 우리는 최대한 밝은 이야기를 하려고 많이 노력했다. 그런 자식들 앞에서 걱정하지 말라고 하면서 주변 친구들도 암 수술을 했는데 잘살고 있다며 오히려 우리를 위로해 주었다. 식당에서 어머니는 식사를 제대로 하지 않으셨다. 집으로 돌아와 입원에 필요한 물품을 하나씩 챙기는데 익숙한 듯 불필요한 물건을 제외하고 간소하게 짐을 싸는 모습에 괜히 마음이 더 아려왔다. 병원으로 가는 길에 어머니는 아무런 말도 하지 않았다. 입원 수속을 진행하고 수술 전 여러 검사를 위해서 병원 이곳저곳을 같이 다녔다. 아무리 초기 암이라고 해도 긴장감과 두려움은 우리 가족 모두를 위축시켰다. 모든 검사를 마치고 의사 선생님 면담까지 진행하였다. 위 대부분을 절제하기 때문에 수술 이후에 관리가 특별히 중요하다고 강조를 했다. 어머니는 씩씩한 척하며 알겠다고 대답했다. 저녁이 되고 어머니와 단둘이 병실에 시간을 보냈다. 어머니께 표현은 안 했지만 혼자 병원비와 수술비를 알아보고 있었는데 어머니는 그런 나를 보고는 병원비는 걱정하지 말라면서 보험에 가입했다고 말했다. 아버지 병원비를 처리하면서 어머니 이름으로 보험이 없던 것을 알고 있던 나는 무슨 보험을 가입했냐고 물었다. 주변 지인이 아버지 병원비로 고생하는 어머니를 보고 보험을 추천해서 가입했다는 것이었다. 나에게 일 년이 지났으니 보장이 되는지 확인해 달라고 부탁하셨다. 다음날 보험 회사 직원과 통화를 하고 보장이 되는 것을 확인했다. 어머니는 자식들에게 신세를 지지 않게 된 것에 안도하셨다. 아버지 일로 너무 고생하는 자식들을 항상 안타깝게 생각했기에 미리 준비를 했던 것이었다. 어머니는 수술이 잘되면 보험금으로 치료비를 해결하고 남는 돈은 어머니 집에 대출을 상환하고 싶다고 했다. 상환 금액의 절반 이상은 내가 지불하고 있었기에 항상 미안해했던 어머니였다. 나는 걱정하지 말고 몸 생각만 하라고 하였다.

수술 당일 동생과 함께 어머니를 배웅했다. 벌써 몇 번째 보는 장면인지 모를 만큼 익숙했다. 언제나처럼 아픈 본인의 몸보다 자식들을 걱정하며 수술방으로 조용히 들어갔다. 나와 동생은 한동안 그 자리에서 떠나지 못하고 말없이 서 있었다. 아무것도 할 수 없었다. 드라마 속에 나쁜 결말이 우리에게 생기지 않기를 바라고 바랄 수밖에 없었다. 한평생 고생만 하고 살았는데 나이 먹고 몸까지 아프게 되는 삶은 정말 불공평하게 느껴졌다. 적어도 잠시 숨 쉴 틈은 줘야 하는데 하늘이 원망스럽기만 했다. 나는 동생과 앉아서 수술이 끝나기를 한없이 기다렸다.

장시간의 수술 끝에 어머니가 병실로 돌아왔다. 정신이 없어 보였지만 어머니는 괜찮아 보이셨다. 항상 씩씩했던 어머니였다. 겉으로 보기에는 왜소하고 소극적인 것처럼 보이지만 얼마나 터프한 분인지 잘 알고 있다.

어린 시절 말썽을 많이 부리는 나를 무섭게 혼내던 것도 어머니였다. 정말 이러다가 사람 죽겠다 싶을 때까지 혼나기도 했다. 초등학교 5학년 때 반려견을 너무 키우고 싶었다. 하지만 한 달을 넘게 조르고 졸라도 어머니는 완강했다. 어린 마음에 나는 강아지를 안 사주면 목을 매달아 죽어 버리겠다고 협박을 했다. 빨랫줄을 들고 연립 옥상으로 올라갔다. 어머니가 황급히 따라오는 소리를 듣고, 연기만 잘하면 오늘 강아지를 볼 수 있을 것 같다고 생각했다. 나의 계획은 완벽했다. 어디서 본 것은 있어서 머리가 들어갈 수 있게 줄을 동그라미 모양으로 만들어 옥상 빨래 건조대에 매듭을 지었다. 높이 조절도 완벽했다. 주변에 있던 포장마차 의자를 끌고 와서 의자 위에 올라가 고리 안에 목을 집어넣고 어머니께 보란 듯이 말했다.

"당장 강아지를 사주지 않으면 죽어 버릴 거야."

어머니는 내 앞으로 걸어왔다. 뜨거운 포옹과 함께 사 주겠다고 하실 줄 알았다. 하지만 나의 예상은 완벽하게 빗나가고 현실은 냉혹했다. 어머니는 끈의 매듭을 더 단단히 묶어 주셨다.

"그렇게 하면 못 죽어. 중간에 안 풀리게 더 잘 묶어야지.

그러고는 냉정하게 뒤돌아 내려가 버렸다. 나는 한참을 옥상에 멍하니 서 있었다. 아마도 자식 놈이 그럴 용기도 없는 소심한 성격이라는 것을 알고 계셨던 거 같다. 나는 몇 시간이 지난 후에 조용히 내 방으로 들어갔다. 나중에 그런 추억을 어머니와 공유하니 내 고집이 너무 세서 일부러 더 강하게 훈육했다고 했다. 나중에 사회생활을 걱정했던 것이다.

37kg 몸무게

어머니의 입원 기간은 그리 길지 않았다. 어머니는 병원에 입원해 있는 동안 퇴원하면 바로 일을 하고 싶다고 말하셨다. 선생님은 회복 기간을 충분히 가져야 한다고 했지만 어머니는 당장 수입이 없어지는 것을 걱정했다. 퇴원하고 집에 와서 보니 어머니의 얼굴이 많이 상해 있었다. 딸이라도 하나 낳았으면 지금 더 위로가 되셨을 텐데 무뚝뚝한 아들 두 놈은 그저 속으로만 걱정하고 있을 뿐이었다. 적어도 동생이 나보다 어머니와 스킨십을 잘 해드려서 항상 다행이라고 생각했다. 퇴원하고 두 달쯤 지나서 어머니는 정년까지 1년도 안 남았고 국민연금을 받으려면 10년을 채워야 한다며 다시 출근을 하셨다. 집에서 홀로 멍하게 있는 거보다 조금이나마 몸을 움직이면서 사람들을 만나는 게 좋을 수도 있겠다고 생각했다.

걱정이 되었지만 그렇다고 딱히 할 수 있는 일은 없었다. 지방에 살고 있어서 자주 찾아뵙기도 힘들었다. 이럴 때마다 군인이라는 것이 후회됐다. 가까운 곳에 살 수만 있다면 소원이 없을 텐데 라고 생각하며 걱정되는 마음을 전화 통화로 대신 전했다.

어머니가 일을 시작하고 나도 정신없이 일하다가 몇 달 만에 겨우 서울에 올라왔는데 충격적인 모습을 보았다. 어머니가 너무 말라 있는 것이었다. 나도 모르게 동생에게 이게 뭐냐고 다그쳤다. 동생은 서운한 듯한 표정을 비쳤다. 동생도 매일 일하며 바쁜 나날을 보내고 있었고 매일 얼굴을 보다 보니 눈치를 못 채고 있었던 거 같았다.

그냥 넘기기에는 너무도 야윈 모습에 걱정이 되어 병원에 모시고 가니 체중이 40kg 미만이었다. 의사 선생님도 놀라서 영양제 처방과 함께 잘 챙겨 드실 것을 각별히 당부하셨다. 그 당시 어머니는 남편을 잃은 상실감, 투병 생활, 다가오는 은퇴로 인한 경제적 부담감을 동시에 느끼고 계셨다.

그런 시기에 옆에서 지켜봐 드렸어야만 했는데 바쁘다는 이유로 방치된 시간 때문에 나중에 닥칠 아픔과 고통은 전혀 상상하지 못하고 있었다. 너무 쉽게 생각해 버렸다. 소화 기능도 떨어지고, 입맛도 없으니 시간이 지나면 나아질 거라고 그저 단순하게 생각했다. 항상 괜찮다고 하셨던 그 말을 순수하게 믿은 철없는 아들이었다. 나는 걱정되는 마음에 영양제와 고단백질 보조 식품을 생각 날 때마다 서울집으로 보냈다.

그렇게 몇 개월이 지나고 어머니는 은퇴를 하셨다. 이마트에서 식품 조리를 하면서 일하셨는데 정권이 바뀌고 비정규직 업체 소속에서 정규직으로 전환이 되었다. 급여가 조금 더 올랐다고 좋아했던 엄마의 모습이 생생했다. 하지만 정규직의 행복은 독으로 다가

왔다. 업체 소속일 때는 정년이 64세였는데 정규직으로 전환되니 조리 쪽의 정년은 60세였던 것이다. 결국 나이 때문에 강제로 회사에서 밀려 나왔다. 어머니는 그래도 다행히 10년을 채웠다며 거기에 위안을 삼고 계셨다. 이후 젊은 나이에 암 환자의 몸으로 집에 혼자 계시는 시간이 늘어났다. 어머니는 집에 있는 것이 미안한지 계속 일을 하겠다고 하셨지만 나와 동생은 이제는 좀 편히 쉬면서 취미 생활도 하고 친구도 만나라며 일하는 것을 절대 반대했다. 이미 관절에도 문제가 생겨서 손가락은 마디마디가 다 구부정하게 굳어 있었다.

20년 넘게 아버지의 빈자리를 대신하며 일만 했던 어머니였다. 배운 것이 없어 매번 식당 주방에서 힘들게 일을 했다. 취미라는 것은 어머니에게는 사치였다. 어떻게 놀고 쉬어야 하는지 배운 적이 없었다. 놀아 본 적이 없는 사람에게 휴식은 고통의 시간이었을 것이다. 이후 어머니는 집에서 텔레비전을 보면서 시간을 보냈다. 동생은 그 모습을 못마땅하게 생각했다. 가끔 하소연을 하기도 하고 다툼도 늘어났다. 동생에게 그냥 어머니가 하고 싶은 대로 하게 두라고 했다. 드라마라도 보면서 행복하다면 그걸로 충분했다.

어머니는 드라마 보는 것을 정말 좋아하셨다. 같이 살 때 나는 아무리 바빠도 어머니와 함께 드라마를 보기 위해 노력했었다. 같이 앉아서 줄거리를 물어보면 어린아이처럼 들떠서 설명해 주곤 했다. 같이 앉아 시간을 보내면서 말동무를 해드리는 것이 내가 할 수 있는 효도였다. 매번 비슷한 스토리의 드라마에 감정 이입을 하며 보는 모습을 볼 때면 신기하다는 생각이 들다가도 그런 어머니가 귀여웠다.

수술 이후 어머니의 유일한 행복은 바로 손녀딸이었다. 나는 결혼식을 앞두고 계획에 없었던 임신을 하게 되었다. 당시 아버지의 죽음, 어머니의 암 투병으로 인해 나는 딸이 생긴 축복보다는 걱정으로 하루하루를 보내고 있었다. 최종적으로 임신을 확인하고 어머니께 전화를 걸어 소식을 전했다.

"좋겠네, 이제 할머니가 돼서."

어머니는 듣자마자 무척이나 기뻐했다. 그러면서 얼마 전 꿈을 꿨는데 태몽이었던 거 같다고 했다. 항상 집에서 혼자 심심하게 있는 아내에게 아기가 생기면 차라리 잘된 일이라고 말씀하셨다. 임신 소식은 어머니에게 할머니가 되는 것 이상으로 집안에 경사라고 생각하셨다.

출산은 서울에서 하게 되었다. 아내는 지방에서 산부인과 진료를 받으면서 의사 선생님과 영어로 의사소통할 수 없다는 것에 불편함을 느끼고 있었다. 결국, 주변 외국인들의 추천을 받아 외국인 출산 경험이 많다는 병원에서 출산을 하기로 했다. 출산 예정일이 다가오자 서울에 올라가서 어머니 집에서 같이 지냈다. 모든 가족이 새

생명의 탄생을 기대하면서 행복한 상상으로 미래를 채워갔다. 어머니도 손녀의 출산 물품을 사면서 할머니가 될 준비를 하고 있었다. 모든 것이 평온했고 축복 속에 딸은 건강하게 태어났다. 한걸음에 병원으로 온 어머니는 손녀를 보면서 흐뭇해 하셨다.

"다행이다. 피부색이 하얗네. 눈도 제 엄마를 닮았고."

여자애가 나를 닮아서 피부가 검을까 봐 내심 걱정을 하고 있으셨다. 유난히 검은 피부색 때문에 어릴 적 스트레스를 받은 아들을 생각했던 것이다. 어머니께 손녀딸의 사진을 보내 드릴 때면 항상 자기 전에 다시 한번 꺼내 보고 잔다고 동생이 전해 주었다.

가족을 데리고 서울에 올라올 때면 어머니는 무척이나 행복해하셨다. 친척 집에 갈 때마다 아직 말도 못 하는 손녀딸인데 영어랑 한국어를 둘 다 알아듣는다면서 자랑을 하곤 하셨다. 사실 어머니는 칭찬을 잘하는 그런 사람이 아니었다. 항상 겸손을 강조하셨다. 그런 모습을 지켜볼 때면 어머니가 아픈 것만 빼면 세상을 다 가진 것처럼 행복했다.

어느덧, 어머니가 수술을 받은 지 2년이 넘어가고 있었다. 다행히도 다른 곳에 전이되거나 특별한 후유증은 없었다. 하지만 5년간은 조심해야 한다고 해서 빨리 5년이 지나기를 바라고 있었다. 건강하게 오래오래 우리 곁에서 살 수 있을 거라고 굳게 믿고 또 믿었다.

제8화

우리는 잊지 마요

우울해진 엄마

암 수술을 한 지 4년이 지나고 있었다. 가끔 동생이 어머니를 모시고 우리 집으로 내려왔다. 어머니는 많이 지쳐 보였다. 이전보다 말수도 줄었고 잘 웃지도 않으셨다. 최근에 집에만 계시다 보니 삶이 단조로워서 그런 줄로만 생각했다. 오랜만에 어머니를 모시고 극장에 갔다. 예전에는 시간만 나면 어머니와 동생을 데리고 영화를 보러 갔다. 어머니는 영화를 좋아한다기보다는 두 아들 손을 잡고 데이트하는 것을 더 자랑스럽게 생각했다. 영화가 끝나면 영화 제목을 되묻곤 했다. 그리고 다음 날 출근하면 동료들에게 항상 자랑을 했다.

"어제 아들놈들이 또 극장에 가자고 해서 요즘 그 최신 영화 거시기 있잖아…. 그거 보고 왔지. 안 봤으면 한번 봐 재미있던데."

자랑할 것이 얼마나 없으면 부끄럽게 그런 자랑을 할까 생각을 했지만, 어머니가 그걸로 행복하다면 최신 영화 개봉할 때마다 모시고 갈 수 있었다.

그날도 개봉작 중에 슬픈 영화가 있어서 함께 보기로 했다. 평소처럼 경쟁하듯 팝콘을 먹으며 영화를 보고 있었다.

"하하하, 저게 뭐야."

아무것도 아닌 장면에서 어머니가 큰 소리로 웃으며 말을 했다. 우리 형제는 너무 당황해서 어머니를 바라보았다.

"조용히 해요, 여기 극장이야. 갑자기 왜 그래?"

남들은 슬퍼서 울고 있는 순간에도 엄마는 또 큰 소리로 웃었다. 그날 밤 동생과 심각하게 이야기를 했다.

"어머니, 왜 그러시냐? 뭔가 이상한데……."

동생은 최근에 드라마를 볼 때 많이 웃기는 했는데 그냥 재미있어서 웃는 거로 생각했다고 했다. 괜한 걱정이 들기 시작했다. 하지만 그 모습을 제외하면 어머니는 크게 이상한 행동을 하지 않았다. 이후 서울 집에 가족들을 데리고 올라갔다. 뭔가 이상했다. 평소라면 맛있는 음식을 해 주려고 항상 애를 썼다. 특히 내가 엄마표 김치찌개를 제일 좋아해서 꼭 한번은 만들어 주셨다. 그리고 허겁지겁 먹는 모습을 항상 안타깝게 바라보던 엄마였다. 그런데 이상하게 냉장고가 텅텅 비어져 있었다. 동생에게 물어보니 최근 들어서 요리도 하지 않는다고 했다. 무언가 이상했지만 '그냥 피곤해서 그러시겠지….' 하고 대수롭지 않게 넘겼다. 밥을 안 해 줘도 외식을 하거나 배달 음식을 시켜 먹으면 되니까 문제가 될 것은 없었다.

다만 급격하게 줄어든 말수와 삶에 대한 아무런 미련이 없는 모습이 계속 마음에 걸렸다. 정기적으로 병원을 모시고 가는 것은 동생의 전담이 되었다. 직장과 거리도 있고 하는 일도 너무 바쁘다 보니 직접 신경을 쓰기가 힘들었다. 원래의 나라면 4시간씩 차를 타고 가서라도 돌봐 드렸을 테지만 결혼을 하고 나니 내 시간도 온전히 내 것만은 아니었다. 대신 병원 가는 날에 동생을 통해 어머니에 대한 내용을 전해 들었다. 다행히도 전이나 재발은 보이지 않는다고 했다.

그러던 어느 날 새벽에 전화가 왔다. 동생은 무척이나 화가 나 있었다. 어머니 때문에 못 살겠다고 집을 나가겠다고 말했다. 어리광 부리는 것 같아서 미웠지만 달래줄 수밖에 없었다. 지금 상황에서 내가 할 수 있는 일이 없었다. 어머니를 모시고 살고 싶었지만 그것은 나 혼자만의 생각이고 현실적으로 할 수 없는 일이었다.

장기간 파견을 나갔을 때 어머니 집에서 잠시 같이 살았던 적이 있었다. 8개월 정도 함께 지내면서 아내와 어머니 사이에 감정이 빠르게 나빠지는 것을 보았다. 의사소통이 안 되니 하루하루 오해만 쌓여 갔다. 거기에 육아 방식에 있어 문화적 차이가 있다 보니 어머니는 가족을 잘 이해하지 못했다. 나 또한 가족과 어머니 사이에서 저울질하느라고 쓸데없는 에너지를 낭비하는 날이 계속되었다. 짧은 시간이지만 같이 살면서 어머니께 육아 도움도 받고 아내도 서울에서 친구들을 만나며 더 나은 힐링의 시간이 될 줄 알았다. 하지만 결과적으로 내 욕심을 채우기 위해 지원한 교환 교관이라는 파견에서 얻은 것은 하나 없고 모든 상황은 독이 되어 돌아왔다. 그 시간을 통해 어머니를 모시고 사는 것은 현실적으로 불가능하다고 깨닫게 되었다.

동생은 아직 미혼이기에 미안하지만 잠시 그 무거운 짐을 떠넘길 수밖에 없었다. 겨우 동생을 진정시키고 왜 그런지 차분히 물어봤다.

최근 들어서 엄마가 새벽 4시까지 텔레비전을 보면서 혼자 웃는데 그것 때문에 잠을 못 잔다는 것이다. 잠자리가 예민한 동생의 심정도 이해가 되었지만 부탁을 해도 반복적으로 그런 행동을 하는 엄마가 이상하다는 생각이 들었다. 그 사건 이후에도 엄마의 이상행동은 달라지는 것이 없었다.

걱정되는 마음에 며칠 뒤에 서울로 올라갔다. 내가 도착하니 집안 분위기가 이상했다. 어머니는 무척이나 화가 나 있었다. 엄마는 나를 보자마자 정신없이 말하기 시작했다. 저놈이 텔레비전을 못 보게 했다고 어린아이처럼 말했다. 그러면서 TV를 켜달라고 부탁을 했다. 그리곤 또 정신없이 웃었다.

나는 동생을 데리고 밖으로 나왔다. 한참을 걸으면서 조심스럽게 이야기했다.

"엄마한테 좀 잘해. 집에서 하루 종일 집에만 있으니까 얼마나 답답하겠어. 네가 좀 이해해라."

그 말에 동생은 서운하다는 듯이 말했다. 본인도 웬만하면 넘어가는데 형도 같이 살아 보면 어떤 심정인지 이해할 거라고 했다. 동생을 위로하며 모두가 지쳐서 그러니 곧 괜찮아질 거라고 달래줬다.

그러던 어느 날, 일하고 있는데 어머니로부터 오랜만에 전화가 왔다. 아버지 관련해서 뭐가 날아왔는데 방금 돈을 내고 왔다고 했다. 나는 순간 무엇인가 잘못되었음을 느꼈다. 무엇을 내고 왔냐고 물어도 제대로 답을 하지 못했다. 동생에게 전화해서 퇴근 후에 무슨 일인지 확인해 달라고 부탁했다. 아버지 관련해서 모든 일을 다 처리했기에 더 이상 낼 것이 없었다. 저녁이 되자 동생이 사진 한 장을 보내왔다. 연체금에 대한 독촉장이었다. 상속 한정 승인을 했기 때문에 아버지 부채에 대해서 상환할 의무는 없었다. 그런데 내용 증명을 받았음에도 불구하고 일부 업체에서 상환을 요구한 것이다.

예전에도 법무사를 통해서 내용 증명을 회사에 보내곤 했다. 어머니도 알고 계셨던 일이었다. 평소 같으면 그런 것들을 보면 나에게 가장 먼저 알려 주었다. 그런데 이번에는 본인이 직접 부채를 상환했다는 것이 믿기지 않았다. 어머니 암 수술 이후에 받은 보험금으로 주택 담보 대출 원금을 상환하고 남은 일부를 생활비 하시라고 어머니 통장에 두었는데 가진 돈 모두를 보내 버린 것이었다. 최근에 무기력한 모습과 이상 행동들이 떠오르며 어머니가 아프다는 것에 확신이 생겼다. 나는 동생에게 진지하게 말을 했다.

"아무리 생각해도 엄마가 아픈 것 같다. 예전부터 이상하다고 생각했는데 이건 그냥 넘어갈 문제가 아닌 거 같아. 엄마가 극심한 우울증이나 치매가 시작된 거 같아."

동생은 말도 안 된다는 표정으로 나를 바라보았다. 치매라고 생각하기에는 이제 겨우 환갑이었다. 어떻게 그런 말을 하냐면서 동생이 서운한 표정으로 말했다. 하지만 냉정해야만 했다. 그동안 넘겨짚었던 사소한 행동들의 퍼즐이 모두 맞춰지는 것 같았다. 동생은 조용히 눈물을 흘리고 있었다.

그동안 부정했던 일들이 현실이 되었음을 실감하는 듯했다. 평생 엄마를 지켜본 입장에서 얼마 전부터 뭔가 달라진 것은 사실이었다. 더 이상 예전에 엄마의 모습을 찾아보기 힘들었다. 그리고 깨달았다. 어느 순간부터 엄마와 정상적인 대화를 할 수 없다는 사실이었다. 우리는 서둘러서 병원을 예약하기로 했다. 기다리는 시간이 지옥과도 같았다. 차라리 극심한 우울증이면 얼마나 좋을까? 바라고 또 바랐다. 정신과 진료 예약은 생각보다 오래 기다려야 했다. 나는 그냥 가만히 기다리고 있을 수가 없었다. 어머니 어릴 적 친구분께 전화를 걸었다. 지금까지 어머니 증상이나 상태를 말씀드리고 한 번 집에 놀러 와 주실 것을 부탁드렸다. 제삼자의 눈으로 객관적으로 봐 주기를 바랐다. 자식들이 민감해서 그렇게 보이는 것이라면 좋겠다고 생각했다. 친구분은 안 그래도 최근 통화 연결이 잘되지 않아서 걱정했다고 하면서 곧 가 보겠다고 하셨다.

어머니가 위암 수술을 받을 때도 불쌍해서 미쳐버리는 줄만 알았다. 아버지가 아플 때와는 완벽하게 다른 감정들이었다. 내 전체가 무너져 내리는 듯한 표현 할 수 없는 무서움이었다. 그런데 또 얼마 지나지 않아서 이런 일이 생긴다는 것은 누군가 일부러 우리에게 벌을 주는 것만 같았다.

친구 두 분이 집에 방문하시고 그날 밤 전화를 주셨다. 아무리 생각해도 심각한 우울증처럼 보인다는 것이었다. 본인들 나이가 되면 우울증이 오는 사람들이 많다며 빨리 모시고 병원에 가보라고 하셨다. 그 말에 다행이라고 생각했다. 치매는 아무리 생각해도 너무 오바였기 때문이다. 일주일만 기다리면 선생님을 만나서 진단받을 수 있었다. 모든 일이 좋아질 거라고 긍정적으로 생각하고 있었다. 우울증약만 처방받고 노력하면 다시 엄마가 해 주는 김치찌개도 먹고 고민도 털어놓는 예전의 삶으로 돌아갈 수 있을 거라고 믿었다.

빠를 겁니다

어머니를 모시고 병원에 갔다. 우울증 진단을 위해서 정신과 진료를 기다리고 있었다. 최근에 어머니는 상태가 더 악화되었다. 모든 것을 귀찮아하고 코로나19로 마스크를 착용하라고 해도 짜증 내며 벗어버리곤 했다. 동생은 그런 엄마를 무척이나 답답하게 생각했다. 옆에서 지켜봐도 정상인의 행동으로 보이지 않았다. 공과금도 계속 연체되어서 동생 통장에서 자동 이체되도록 변경했다. 자녀들의 안부를 물어보는 일은 없어졌다. 오로지 OCN 채널의 영화만 반복해서 보고 또 보고 할 뿐이었다. 그래도 유쾌하게 웃는 모습을 보면 차라리 행복해 보여서 마음 한구석은 편했다. 어머니는 지금까지 웃을 일이 별로 없는 인생을 살아왔다. 아마 도망갔다고 해도 원망할 수 없을 만큼 지독하게 운 없는 삶이었다. 그래서 더 웃고 싶은가 보다 생각했다.

진료실 문이 열리고 선생님 앞에 앉았다. 최근 5년 사이에 의사를 만나는 일이 너무나 자주 생기는 것 같아 싫었다. 선생님은 증상을 판단하기 위해 여러 가지 질문을 했다. 어머니가 답변을 하기도 하고 답변을 못 하시면 우리에게 물었다. 위암 수술을 했던 병원이어서 수술 기록을 함께 확인하며 상담이 이뤄졌다. 선생님은 단조로운 목소리로 말했다.

"추가적인 검사를 해 봐야겠지만 우울증은 아닌 거 같습니다. 제 생각에는 위암 수술을 하고 체중이 급격하게 감소함에 따라 그때부터 뇌에 손상이 온 거 같아요. 뇌에 필요한 영양분이 일부 부족하게 되는 경우 종종 부작용이 있거든요. MRI와 추가적인 치매 검사를 해 보시죠."

우울증약만 처방받으면 호전될 거라고 믿었는데 단호하게 진단하는 선생님 앞에서 아무런 말도 할 수 없었다. 현재 상태만으로도 치매라고 확진을 내린 것만 같았다. 옆방으로 이동해서 간단한 인지력 검사를 진행했다. 어머니께 요일부터 시작해서 날짜 그리고 더하기 등 기본적인 질문을 했다. 어머니는 바로바로 대답하지 못하고 있었다. 질문에 왜 답변을 해야 하는지, 본인이 왜 여기에 왔는지조차 인지하지 못하는 것처럼 보였다. 옆에서 그 모습을 지켜보다가 진료실을 뛰쳐나왔다. 더 이상 듣고 있을 수가 없었다. 갑자기 아버지가 더 원망스러웠다. 언제나처럼 가장 편한 곳에서 그저 바라만 보는 것 같았다.

인지 검사에서 정상이 아닌 산정 특례 적용 대상자 판정을 받았다. 간단한 검사만 하였지만 병원에서 중증 치매로 진단을 하였기에 병원비를 계산할 때 일부를 감면 받았다. 선생님은 추가적인 검사를 위해 임상 치매 척도(CDR)와 MRI 촬영도 필요하다고 했다. 다음 검사까지 한 달이 넘는 시간을 기다려야 했다. 나는 그 시간 동안 어머니를 세부적으로 관찰했다. 아직은 가족들 이름도 다 알고 많은 부분을 기억하고 계셨다. 그런데 오래된 일들에 대해서는 기억하지 못하고 계셨다. 나는 일부러 더 많은 질문을 했지만 어머니는 대답하는 것도 귀찮아하셨다. 행동이 무언가 확실히 달랐고 절제를 하거나 상황 판단을 잘하지 못했다. 분명히 하면 안 되는 일인데 일부러 그렇게 하는 것 같이 보였다. 이런 부분 때문에 같이 사는 동생은 많이 힘들어하고 있었다. 충분히 이해가 갔다. 가끔 올라가서 어머니와 같이 시간을 보내는 나도 변해 버린 어머니의 모습에 화가 났다.

더 늦기 전에 대안을 마련해야 한다는 생각을 했다. 이 젊은 나이에 어머니를 요양병원에 모실 수는 없었다. 하지만 현실적으로 동생도 계속 일을 할 수밖에 없기에 많은 시간 동안 어머니 혼자 집에 계시는 것이 마음에 걸렸다. 그렇다고 해도 내가 할 수 있는 것도 없었다. 군인이라는 직업과 다문화 가정이라는 현실이 발목을 잡고 있었다. 아직까지 확실한 해결책을 찾지는 못했다. 결국, 여러 가지 이유를 포함해서 육아 휴직을 신청했다. 덕분에 서울에 올라가서 엄마와 같이 보낼 수 있는 시간도 늘어났다. 하지만 같이 시간을 보내면서도 나는 달라진 엄마의 모습을 외면하고 있었다. 도저히 믿기지 않았다. 내가 사랑하던 엄마의 모습을 누군가가 훔쳐간 것만 같았다. 웃음도 어색하고, 행동은 이상했다. 손녀딸의 안부를 묻는 일도 없어졌다. 치매라는 것은 단 한 번도 경험한 적이 없어서 어떻게 해야 할지 너무도 막막했다. 답답한 마음에 외가 친척들에게 이 사실을 알렸다. 하지만 핏줄이라는 게 무색하게 빨리 요양병원을 알아보라는 말만 돌아왔다. 결국 그동안 꾹꾹 참아왔던 눈물이 흐르고 말았다. 어쩜 저렇게 냉정할 수 있을까? 서운했다. 만약 내가 젊은 나이에 치매 진단을 받고 내 딸이 삼촌에게 그 사실을 전한다면, 동생 또한 나를 요양병원에 보내라고 냉정하게 말할까?

사실 우리 형제를 걱정해서 해 준 말인 것은 알고 있다. 하지만 아버지를 홀로 요양병원에 두고 올 때도 내 마음은 사형수가 된 것처럼 죄송스러울 뿐이었다. 절대로 하면 안 되는 일을 한 것만 같은 죄책감이 나를 괴롭혔다. 하지만 어머니의 상황은 차원이 다른 문제였다. 이제 60대 초반의 나이인데 이대로 요양병원에 모신다면 견딜 수 없을 것 같았다. 어머니를 홀로 병원에 두고 나오는 모습을 상상하면 그것은 지옥 그 자체였다.

이 세상 그 어느 누구도 이런 고통을 감당하는 방법을 배운 적은 없을 것이다. 배울 수만 있다면 수천만 원을 주고라도 배울 것이다. 하지만 현실은 취업, 스펙을 위한 공부로 대부분의 시간을 투자한다. 정답은 어쩌면 그 고통을 모두 받아들이는 것일 지도 모른다.

어느 날 동생이 문자를 보내왔다. 어머니 동료에게 온 장문의 문자였다. 어머니와 연락이 잘되지 않아 어렵게 어머니를 만났는데 어머니가 말씀하기를 자기는 치매가 아닌데 아들놈들이 자꾸 치매라며 자기를 이상한 곳에 보내려고 병원에 데리고 간다고 했다는 것이다. 동료분도 처음에는 무슨 말인지 이해하기 어려웠는데 어머니와 몇 시간을 같이 보내고 나니 이상한 부분이 많이 느껴져 조심스럽게 문자를 보냈다고 했다. 생각해 보니 어머니 앞에서 동생과 대화를 나누며 치매라는 단어를 많이 사용하긴 했다.

문자를 전달받은 나는 갑자기 가슴에 통증이 느껴졌다. 최근에 스트레스 때문인지 종종 답답한 느낌이 있었는데 원인은 몰라도 너무도 아팠다. 움직이지 못하고 한참 동안 주저앉아 어머니를 생각했다. 얼마나 서운했을까? 본인은 아픈 것을 인지하지 못하기 때문에 자식들이 미웠을 것이다. 자신을 버린다고 생각하면서 그 속마음을 우리에게 표현하지 못하는 어머니를 떠올리니 아무것도 할 수 없는 나 자신이 보잘것없게 느껴졌다.

내 이름은 두 개인데

MRI 촬영과 추가 검사를 하기 위해 의사 선생님을 만나는 날이 되었다. 동생과 함께 어머니를 모시고 병원에 갔다. 어머니는 본인이 왜 MRI 촬영을 하는지도 몰랐다. 들어가기 싫어하는 어머니를 겨우 달래서 촬영실로 들여보냈다. 동생과 밖에 앉아 이야기를 나누다 조심스럽게 요양병원 말을 꺼냈다. 만약을 대비해서 동생과 공유를 해야만 했다. 동생은 아무 말도 하지 않았다. 왜 그런 말을 하냐고 화를 내지도 않았다. 지금도 충분히 힘든데 앞으로 닥칠 일들이 두려웠던 것이다. 무조건 모시겠다는 말을 동생도 할 수 없는 상황이었다.

자식 키워 봐야 다 소용없다는 말이 틀린 말이 아닌 것 같았다. 자신을 잃어가는 어머니를 앞에 두고 현실만 생각하는 그런 못난 자식들인 것이다. 치매는 나쁜 바이러스도 아니고 좀비로 변하는 그런 병도 아닌데 그냥 치매라는 그 자체가 보호자에게 크나큰 두려움으로 다가오는 것 같다. 차라리 겉모습이라도 심하게 아파 보이거나 주변 사람들에게 피해를 준다면 요양병원을 고려하겠지만 엄마는 여전히 내가 사랑하는 그 모습을 하고 있었다.

몇 시간이 지나고 새로운 선생님을 만났다. 선생님은 결과를 보자마자 우리에게 바로 질문을 던졌다.

"혹시 가족 중에 치매 환자가 계신가요?

내가 알기로는 없어서 아니라고 대답하려고 했다.

그때 들린 어머니의 한마디….

"나 고아라서 잘 모르는데……, 난 이름이 두 개예요."

당황한 동생과 나는 눈이 마주쳤다. 어머니는 본인이 고아였다는 사실을 너무도 쉽게 말하고 있었다. 충격적인 순간이었다. 나도 성인이 되고 나서야 어머니를 통해서 알게 된 사실이었다. 누군가 말해 주지 않으면 절대 모를 것이 어머니는 외할머니와 언니가 있기 때문이다. 어릴 때부터 교류하며 자랐기 때문에 어머니가 보육원에서 자랐을 거라는 생각은 해 본 적이 없었다.

사실 어머니는 어린 시절 보육원에서 자랐다고 했다. 내가 성인이 되고서야 방으로 불러 조용히 말해 주셨다. 할머니와 이모가 나중에서야 다 큰 엄마를 찾으러 왔다고 한다. 평생 엄마와 언니가 있는 줄도 몰랐다고 했다. 그래도 다른 친구들은 부모님 생사도 모르는데 본인은 행운아라고 쓴웃음을 지으면서 말했다. 어머니는 어린 시절에 본인이 어떻게 자랐는지 상세하게 말을 해 준 적은 없다. 보육원에서 자란 것에 대해 평소에 절대 언급하지 않았다. 아마도 기억하고 싶지 않은 과거였을 것이다. 그래도 정기적으로 보육원 원장님을 뵈러 가곤 했다. 미국에 사신다고 했는데 한국에 오실 때면 다들 모이는 만남이 있는 듯했다. 난 이 사실을 알고도 동생에게 말하지 않았다. 어머니가 나한테 말해 준 것처럼 나중에 때가 되면 동생에게도 말할 거라고 생각했다. 그렇다고 외할머니를 미워하지도 않았다. 엄마를 버린 사정이 있었을 거라고… 그 시절에 어려움을 경험하지 못한 내가 판단할 권리는 없다고 생각했다. 하지만 외할머니를 볼 때마다 괜히 피어나는 미운 감정은 어쩔 수 없었다. 어머니도 할머니에 대한 애틋한 감정은 없는 듯했다. 할머니 병문안을 갈 때도 슬픔의 모습은 찾아볼 수 없었다. 아무래도 정이 없기 때문이라고 생각했다.

어머니는 이름이 두 개였다. 호적에 올라간 본명과 보육원에서 불렸던 이름이었다. 생각해 보면 보육원 때 사용했던 이름을 더 좋아하셨던 거 같다. 친구들에게 불리던 그 이름은 '창옥'이였다. 본명보다 훨씬 세련되고 덜 촌스러운 이름일 뿐 아니라 추억을 고스란히 담고 있는 소녀의 이름이었을 것이다. 본인의 운명에 대한 수많은 증오와 미움 그리고 시련을 그 이름과 함께 기억하고 싶었는지도 모른다. 이후 두 번째 이름으로 살았던 시간들은 자신보다는 엄마라는 역할 속에서 어쩌면 이름조차 없는 한 여자의 삶을 살았다. 희생과 대가 없는 사랑을 온몸으로 표현하면서 연약하고 약한 여자에서 어떤 비바람도 견뎌내는 강한 엄마라는 이름으로 다시 태어났을 것이다.

보육원에서 지냈던 어린 시절도 나쁘지 않았고 나름대로 많은 추억이 있었다고 말해 줬지만, 항상 가족의 품이 그리웠을 어린 어머니였다. 이야기를 듣고 나서 어머니가 너무도 불쌍해 보였다. 그동안 TV로만 보던 남들 이야기인 줄만 알았는데 그런 아픔을 품고 사는 사람이 바로 내 곁에 있었던 것이다.

그러고 보면 어머니는 버림받는 것에 대해 아주 민감했다. 언젠가 오랫동안 함께 산 반려견을 어쩔 수 없는 사정 때문에 친척 집에 보내야만 했다. 어머니를 누구보다 따르던 우리 집 막내였다. 미미를 주고 오던 날 엄마는 한없이 울었다. 집에 도착해서도 계속 울기만 했다. 다른 가족들도 미미에게 정이 많이 들어서 슬펐지만 그 당시에 어머니가 왜 그렇게 서럽게 우는지 이해하지 못했었다. 나중에 생각해 보니 어쩌면 미미를 통해 자신의 모습이 생각났던 것은 아닐까 싶다. 아마도 어린 나이에 상처가 아직 아물지 않았을지도 모른다. 치매가 진행되는 지금도 차를 타고 가면 혼잣말로 미미 이야기를 한다.

"그때 차에서 미미를 봤는데 계속 나를 보고 있더라고…. 그 슬픈 눈으로 나를 계속 보고 있었어, 내가 버린 거야."

그리고 내 실수로 인해 동생을 잃어버렸던 날에 대해 끊임없이 반복해서 말을 했다. 내가 9살 때 동생은 4살이었다. 당시 석유 장사로 바쁜 부모님을 대신해서 밖에서 놀 때 어린 동생을 데리고 다녔다. 그날도 동생은 내 옆에 붙어서 나를 따라다녔다. 나는 동생을 데리고 동네 시장 구경을 갔다. 집 근처 시장은 항상 많은 사람들로 붐볐다. 이것저것 구경을 하다가 시계방 앞에서 나는 걸음을 멈췄다. 초등학생이 되면서 갖고 싶은 게 많았던 나는 스포츠 시계를 탐내고 있었다. 밖에서 구경하다가 동생에게 그 자리에 가만히 있으라고 하고 혼자 안으로 들어갔다. 주인아저씨께 가격이랑 성능을 물어보면서 한참 동안 시계를 비교하고 있었다. 지금 당장 살 돈은 없었지만 나중에 생일 선물로 사달라고 하고 싶었다. 그렇게 한참이 지나고 문득 밖을 보니 동생이 없었다. 나는 당황해서 밖으로 뛰어나왔다. 주변을 뛰고 뛰어서 찾아봐도 동생은 보이지 않았다. 한 시간 넘게 혼자 시장을 뒤지고 다녔다. 결국 눈물이 쏟아졌다. 동생이 없어진 것보다 엄마한테 혼날 생각을 하니 무서웠다. 나는 한참이 지나고 나서야 동생을 잃어버렸다고 말을 했다. 놀란 어머니는 시장으로 달려갔다. 보이는 사람마다 붙잡고 동생을 봤냐고 물어보며 절규하듯이 찾아 헤맸다. 저녁이 되어도 우리는 동생을 찾지 못했다. 온 가족과 이웃들까지 동원해서 찾고 또 찾았지만 시장 어디에도 동생은 없었다. 해가 질 무렵, 어머니는 시장 길바닥에 주저앉고 말았다. 눈에서 눈물이 흘렀다. 나는 미안한 마음에 멀리 떨어져 그 모습을 지켜만 보았다. 주변 사람들이 경찰서를 돌아보자고 어머니를 설득했다. 친척의 차를 타고 동네 파출소를 찾아다녔다. 하지만 몇 군데를 돌아도 신고된 미아는 없었다. 어머니의 표정은 하염없이 어두워져만 갔다. 어머니는 차 안에서 왜 동생을 혼자 두었냐고 무엇을 했냐고 나에게 계속 물었다. 나는 그냥 손을 놓쳤는데 동생이 사라졌다고 거짓말을 했다. 차마 시계방 앞에 혼자 동생을 두고 딴짓을 했다고 말할 수 없었다. 결국 실종 신고 접수를 하고 동생 없이 집으로 돌아왔다. 아버지를 포함한 모든 가족들은 어쩔 줄 모르고 있었다. 나는 죄인이 된 것만 같았다. 깊은 밤이 되었지만 동생을 찾겠다고 수시로 시장으로 나갔다 들어오기를 반복했다. 이렇게 동생을 영영 보지 못할 것 같은 불길한 예감도 들었다. 그러다 늦은 밤 전화 한 통이 걸려왔다. 경찰서였다. 동생이 다른 동네 경찰서에 있다는 것이었다. 가족들은 황급하게 경찰서로 향했다. 동생은 태연하게 초코파이를 먹으며 앉아 있었다. 시장에 길을 잃고 울고 있던 아이를 어떤 사람들이 저녁 늦게 경찰서로 데리고 왔다는 것이었다. 4살이라서 주소도 몰랐기에 경찰도 당황하며 이것저것 적어 보라고 했는데 겨우 전화번호를 적어서 그 번호로 전화했다고 했다. 다행히도 석유 장사 때문에 집 전화번호가 너무 쉬웠다. 동생은 전단지에 색칠 공부를 하면서 자연스럽게 외운 번호를 쓴 것이었다. 엄마는 동생을 보자마자 포옹을 하며 큰 소리로 울었다. 아마도 본인의 과거가 생각났기 때문에 더욱 무섭고 견디기 힘들었던 거 같다.

오랜 세월 동안 아버지와 살면서 도망가고 싶을 만큼 힘든 순간도 많았을 텐데…. 선생님 앞에서 태연히도 본인의 과거를 말하는 모습에 우리를 위해서 버티고 버틴 세월이 고스란히 느껴지는 듯해 슬펐다. 그런 세월을 살아온 엄마이기에 아들이지만 친구처럼 지내고 싶었다. 딸 같은 아들이 돼서 항상 기댈 수 있게 해 드리려고 했다.

제9화

엄마,
걱정 마세요

준비를 하세요

선생님은 어머니가 아직 많이 젊으신데 그에 비해 진행이 너무 빠르다고 말했다. 분명히 유전적인 부분도 포함되어 있을 거라고 확신했다. 진단명은 '전두측두엽 치매'였다. 십만 명당 3명에서 15명꼴로 유병률을 보인다고 했다. 정말 운도 없는 사람이다. MRI 촬영 사진을 보여 주었다. 의학적 상식이 없는 사람이 봐도 검은 부분이 너무나 선명히도 많이 보였다. 멀쩡한 다른 쪽 뇌와 비교하니 말할 것도 없는 중증 환자였다. 다른 부위에도 미세한 출혈의 흔적들이 너무 많다고 설명해 줬다. 어머니의 뇌는 이미 고통 속에 살고 있었던 것 같아 보였다.

동생은 지금까지 나타난 증상들에 대해서 세부적으로 물어보기 시작했다. 선생님은 우리를 쳐다보면서 이렇게 말했다.

"이제부터 어머니한테 무엇을 기대하면 절대로 안 돼요. 그리고 화도 내지 말고요. 무엇을 잘못했는지 인지를 못 하실 거예요. 근데 감정을 느끼는 부분은 아직 살아 있어서 자식들이 화를 내거나 이해하지 못하는 행동을 계속하면 악화가 더 빨리 될 거예요."

엄마의 증상은 인격 변화와 언어 기능 저하가 두드러지는 게 특징이다. 다만 기억력은 비교적 정상을 유지한다고 한다. 어찌 보면 우리에게 희소식인지도 모른다. 적어도 우리가 아들이라는 사실은 오랜 시간 기억할 수 있다는 희망처럼 들렸다.

동생은 계속 침묵했다. 이렇게 아픈지 모르고 잔소리를 했던 본인을 원망하고 있었다. 동생은 내가 결혼한 후로 엄마와 단둘이 살았으니 충분히 화를 냈던 일이 많았을 거라고 생각했다. 그 모습은 아버지에게 했던 행동으로 괴로워했던 내 모습과 많이 닮아 있었다. 한동안 자신을 용서하지 못하고 괴로워할 동생을 생각하니 안타까웠다. 그 고통이 얼마나 힘든지 잘 알기에….

선생님은 더 세부적인 검사를 받는 것을 권유했다. 그리고 진단서에 중증 치매라고 기록했다. 위암도 모자라서 치매까지 얻은 어머니는 오히려 걱정도 없어 보였다. 오로지 드라마와 영화만 보고 싶어 했다.

차라리 어머니가 울면서 억울하다고 소리쳤으면 좋겠다고 생각했다. 하고 싶은 게 많으니 돈을 달라는 말이라도 한다면 빚을 져서라도 드렸을 것이다. 자식들에게 그동안의 고생에 대한 보상을 바란다면 어떤 것이라도 드릴 텐데 그저 어린아이처럼 아무 생각이 없는 엄마가 밉기까지 했다. 내 앞에 있는 엄마는 더 이상 내가 알고 있는 엄마가 아닌 것처럼 낯설게만 느껴졌다. 상담을 마치고 병실을 나설 때 선생님이 우리를 조용히 불렀다. 앞으로 진행 속도가 상당히 빨라질 거라고 마음의 준비를 단단히 하라고 하셨다. 특히 장기요양 인정 신청을 빨리해야 한다고 당부했다. 어머니 혼자 계시는 시간이 많기 때문에 우발 상황이 걱정되는 것만 같았다.

병원을 나오는데 어머니 또래의 아주머니들이 보였다. 모두 건강해 보였다. 이제까지 고생한 것에 대한 보상을 받듯이 여행도 다니면서 제2의 인생을 보내는 사람들처럼 보였다. 반면, 엄마는 길이라도 잃어버릴까 봐 마디마디 구부러진 그 작은 손으로 아들을 꼭 붙잡고 있었다.

나쁜 일은 몰아서 온다고 했던가. 너무도 짧은 시간에 이 모든 일이 벌어져 더 이상 버틸 힘도 없었다. 야속하게도 하늘은 너무 맑고 투명했다.

집에 도착하자마자 서류를 준비하고 국민건강보험공단에 요양 인정 신청을 했다. 접수를 하면 공단에서 직원이 직접 집을 방문해서 어머니의 상태를 확인한다고 했다. 코로나로 인해 몇 주를 기다리고 방문 예약을 잡았다. 공단에서 직원들이 집으로 와서 어머니와 면담이 진행되었다. 기본적인 질문을 어머니에게 했다. '식사는 어떻게 드세요?', '혼자 씻는 데 불편한 거는 있으세요.' 어머니는 위기감을 느꼈는지 병원에서와는 다르게 밥도 혼자 잘 챙겨 먹고, 매일 잘 씻는다고 말을 했다. 너무 태연하게 거짓말을 하는 엄마의 모습을 보고 당황했다. 이후에 질문이 이어졌다. 기본적인 인지 능력에 관한 대답은 전혀 하지 못했다. 어머니와 면담을 마치고 보호자 면담이 이뤄졌다. 어머니 답변 중에 사실이 아닌 것이 있는지 물어왔다. 사실대로 식사도 잘 못 드시고 씻는 것도 자발적으로 하지 못해서 손발톱도 직접 깎아 준다고 사실대로 말을 했다. 어머니가 정상이 아니라고 강하게 주장하는 것만 같아서 마음이 씁쓸했다. 직원들은 보통 방문을 하면 평소와 다르게 환자분들이 대답을 잘하는 경우가 많다면서 여러 가지 주의 사항과 장기요양 인정 자격에 대해서 세부적으로 설명해 주었다. 어머니의 경우에는 65세 미만이기에 치매, 뇌혈관성 질환, 파킨슨병만 해당되며 방문 조사 결과와 의사 진단서를 바탕으로 심의를 통해 장기요양 인정 점수가 산정된다고 했다. 어디론가 보내려고 안달 난 자식들처럼 보일까 봐 한심스러웠지만 주간에 홀로 계신 어머니를 방치하는 것이 위험했기 때문에 나와 동생에게는 중요한 문제였다. 심의 판정은 생각보다 빨리 나왔다. 등기를 받고 결과를 확인하니 '인지' 등급이 나왔다. 결국 국가에서도 어머니의 치매를 공식적으로 인정한 것이다.

행복한 웃음

앞으로 어떤 일로 인해 얼마나 더 많은 상처를 받을지는 알 수 없다. 하지만 이 상황에서 가장 안쓰럽고 불쌍한 사람은 바로 어머니이다. 살아가는 동안 겪은 지우고 싶던 수많은 일과 그로 인해 삶이 얼마나 고통스러웠을까. 그동안 말로 표현도 못 하고 작은 감정조차 괜찮은 척 위장해 가며 버틴 시간들 때문에 무너져 버린 것만 같았다. 나는 지금도 후회를 한다, 차라리 그때 어머니가 건강검진을 받지 않았다면 어떻게 되었을까? 그냥 무심하게 신경 안 쓰고 지나갔더라면…. 나중에 말기 암이 되어 발견되었을 것이다. 차라리 그랬다면 치매까지 오지는 않았을 것만 같았다. 암으로 생을 마감한다면 물론 그 역시도 고통의 시간이었겠지만 후회 없이 어머니를 행복하게 해 드렸을 것이다. 괜한 짓을 해서 이미 나약해져 버린 어머니를 더 지치게 만들었던 것은 아닐까… 하는 생각이 계속되었다.

어머니는 건강하실 때 가족들과 함께 가까운 곳으로 해외여행을 가보고 싶다고 하셨다. 고생하며 일만 하느라 여행 한 번 가보지도 못하고 늙으셨다. 지나고 보니 그 부분이 정말 아쉽다. 어떻게든 가려고 마음만 먹었으면 가까운 동남아라도 다녀올 수 있었다. 내 의지가 부족했던 것이다. 그리고 시간이 정말 많을 줄 알았다. 조금만 더 모아서 좋은 곳에 모시고 가야지 하다가 제한된 시간을 다 써버렸다. 그동안 나는 해외에서 공부하면서 종종 여행을 다닐 때면 항상 미안한 마음이 들었다. 나중에 귀국하면 다녀온 나라들을 꼭 같이 가야지라고 생각만 했다. 차라리 내가 욕심이 없는 놈이라서 여행도 안 가고 그냥 한국에 평범하게 직장만 다녔으면 그런 감정도 없었을 것이다. 지금 어머니는 집 밖에 나가는 것도 싫어하신다. 손녀딸을 보여 주려고 집에 모시고 와도 오로지 텔레비전만 보려고 한다. 이런 어머니를 모시고 해외여행을 간다면 추억보다는 감정에 상처만 받고 올 것이 뻔했다.

짧은 시간에 여러 가지 일을 겪으면서 행복으로 가는 길이 너무도 멀고 험하게 느껴졌다. 좌절감과 배신감에 세상을 등져 버리고 싶기도 했다. 착하고 열심히 살면 된다고 하는 말을 했던 사람들이 모두 사기꾼처럼 느껴졌다. 메말랐다고 생각했던 눈물샘은 다시 열려 버렸다. 지나가는 파마머리의 뒷모습만 봐도 나도 모르게 눈물이 흘러내렸다.

휴직 이후 서울에 올라오는 날이 늘어났다. 평소처럼 행동하려고 노력했다. 어머니 옆에 앉아 드라마를 보면서 큰소리의 웃는 모습을 가만히 바라본다. 견디기 힘들어도 가만히 지켜보았다. 그 모습은 너무도 행복해 보였다. 근심과 걱정이 모두 사라진 사람처럼 순수한 모습으로 텔레비전을 집중해서 보고 있었다. 언제 어머니가 저렇게 웃었던가. 표정이 항상 어두웠던 사람이었는데 차라리 보기 좋았다. 그동안 얼마나 웃을 일도 없이 살았는지 알고 있다. 어쩌면 슬픔과 행복의 비율은 5:5로 정해져 있는지도 모른다. 그동안 힘든 일로 인해 울면서 지낸 세월이 많았기에 지금 한 번에 몰아서 웃는지도 모른다. 이제는 사고 치는 남편도 없고, 두 아들도 자립해서 잘 살고 있기에 걱정과 근심이 다 사라져 버려서일지도 모른다. 치매를 옆에서 지켜보면서 정말로 무서운 질병이라는 것을 매번 느끼게 된다. 자신을 잃어가는 것보다 두려운 일이 있을까? 하지만 본인은 지워져 가는 인생에 대해서 모른다는 것이 더욱 서글프게 했다. 최근에는 신데렐라 영화에 빠져서 살고 계신다. 벌써 수백 번도 더 본 영화를 계속 보여 달라고 조르는 모습을 보면 안타깝기도 하다. 집중해서 영화를 보는 모습을 보면 마냥 행복해 보인다. 그리고 그 모습에 나도 덩달아 웃게 된다. 허탈한 웃음이지만 같이 웃고 있으면 어머니는 우리를 쳐다보며 행복해하시는 것만 같았다. 우리 가족들은 그렇게 인상이 밝은 편은 아니다. 약간 어둡고 모두 진지하다. 그래서인지 어머니는 마지막으로 자식들에게 웃으면서 재미있게 세상을 살라고 알려 주는 것만 같았다.

아이가 된 엄마

추가 검사를 위해 어머니를 병원에 모시고 갔다. 몇 번을 설명해도 왜 병원을 가냐고 되물었다. 어머니랑 같이 있는데 딸이랑 같이 있는 것만 같았다. 똑같은 질문을 수없이 반복하는 딸처럼 어머니도 그렇게 아이가 되어 버렸다. 병원에 도착하자 어머니가 내 손을 잡았다. 작은 손은 너무도 따뜻하고 부드러웠다. 아들이 혹시 자신을 버릴까 두렵다는 듯이 손에 힘을 꽉 주고 있었다. 뇌 상태를 세부적으로 확인하기 위한 촬영 때문에 주사를 맞고 한 시간 정도 누워 있어야만 했다. 어머니는 담담하게 누워 있었지만 두려워하고 있었다. 병원으로 오는 차 안에서도 계속 묻고 또 물었다.

"그 통에 또 들어가야 해? 병원 왜 가는 거야?"

촬영하는 것이 답답하고 무섭다고 했다. 한 시간 동안 옆에서 달래고 또 달랬다. 오늘만 하면 된다고 내일은 병원에 가서 검사 안 받아도 되니 걱정하지 말라고 달랬다. 딸을 데리고 예방 주사를 맞으러 갈 때면 항상 이런 식으로 딸을 설득했다. 그래도 6살 꼬마는 사탕과 아이스크림을 사 주면 금세 두려움을 떨쳐 버렸다. 하지만 어머니는 계속 두려워만 했다. 병원이라는 곳이 공포의 장소가 되어 버린 것만 같았다.

검사를 마치고 식당으로 갔다. 평소 집에 혼자 있으면서 끼니를 거르는 것이 마음에 걸렸다. 밑반찬과 함께 고기가 나왔다. 불판에 고기를 올리고 잠시 화장실에 다녀왔는데 어머니는 다 익지도 않은 고기를 허겁지겁 드시고 있었다. 아직 안 익었다고 기다리라고 말을 해도 듣지 않았다. 억지로 젓가락을 뺏고 제발 가만히 있으라고 했다. 그제야 눈치를 보는 듯 나를 쳐다보면서 말했다.

"배고픈데……."

한숨이 나왔다. 나도 모르게 화를 내고 있었다. 다 받아줘야 하는데… 빨리 드시고 싶었구나… 하고 이해했어야 하는데 그렇게 하지 못했다. 어머니가 우리를 키워준 것처럼 이제는 우리가 하나하나 보살펴 드려야만 하는데 나는 아직도 어머니 품이 그리운 어른 아이였다. 생각해 보면 조건 없는 유일한 사랑은 부모 사랑뿐일 것이다. 도움 없이 먹지도, 싸지도, 움직이지도 못하는 보잘것없는 생명체를 오로지 자식이라는 이유 하나만으로 키워 냈다.

근데 왜 자식인 나는 아이가 된 어머니에게 조건 없는 사랑을 드리지 못하는 걸까? 항상 받기만 해서 주는 법을 모르기 때문일지도 모른다. 어쩌면 부모는 자식에게 미안해서 사랑을 돌려주는 법을 안 가르쳐 줬을지도 모른다. 어머니께 익은 고기를 하나씩 드리면서 천천히 드시라고 했다. 금세 못난 아들의 모습을 잊은 듯 웃으면서 맛있다고 했다. 아프지만 이렇게라도 지켜볼 수 있음에 감사해야만 했다. 그렇게 하지 않으면 마음속에 원망이 다시 나타나 나를 괴롭힐 것만 같았다. 엄마였다면 내가 어떤 모습으로 태어났어도, 사회에서 낙오자가 되어도 언제나 내 옆에서 사랑으로 감싸줬을 것이다.

모든 검사를 마치고 선생님을 다시 찾아뵀다. 선생님은 시선을 피하면서 말하길 마음의 준비를 철저히 하라고 했다. 보통의 알츠하이머와는 달라서 앞으로 거동도 불편해지고 모든 생활이 불가능할 수 있다고 했다.

"혹시 시간이 되시면 어머니와 하고 싶은 것들 지금 많이 하셔야 해요."

물론 육체의 죽음을 말하는 것은 아니었다. 살아는 계시지만 정신적으로 마지막이 얼마 남지 않았다고 말해 준 것이다. 어머니의 상태가 점점 심해지고 있다는 것을 본인을 제외한 우리 가족 모두 느끼고 있었다. 선생님은 어머니가 이상한 행동을 해도 모두 이해해야 한다고 한 번 더 당부했다. 3개월 후로 진료 예약을 잡았지만 중간에 무슨 일이 생기면 언제든 찾아오라는 말은 내게 위안이 되었다. 가방 한가득 약을 처방받고 차에 탔다. 집으로 돌아가는 차 속에서 어머니가 말했다.

"나 치매야? 치매가 뭐야?"

처음으로 물어보는 질문에 당황했지만 밝게 거짓말을 했다.

"응 치매 맞아, 근데 괜찮아, 약 먹으면 좋아질 거래."

어머니는 안심한 듯이 눈이 오는 창밖을 바라보며 잠이 들었다. 솔직히 세상이 너무 미웠다. 화가 나고 따지고 싶었다. 내가 무슨 죄를 얼마나 지었길래 이렇게 괴롭히나 싶기도 했다. 평범해 보이는 사람들이 모두 부럽게만 느껴지고 삶의 의미는 점점 흐릿해져 가고 있었다. 어쩔 수 없이 받는 스트레스 때문에 서울에 올라오면 소화조차 되지 않았다. 저녁에 동생과 이런저런 이야기를 했다. 최악의 상황을 위한 대비책을 세워 놔야 할 것 같았다. 대화 중에 동생이 무심하게 한마디 했다.

"형까지 아프지 마, 담배랑 술도 좀 줄이고, 나 형까지 간호하고 싶지 않아."

스트레스 받아 하는 나의 모습에 걱정돼서 하는 말이었다. 하지만 진심이라는 것도 느껴졌다. 더 이상 가족 때문에 이런 걱정을 하고 싶지 않았을 것이다.

"걱정하지 마. 형은 뭔가 이상이 생기면 조용히 사라질 거야."

진심이었다. 물론 의지하고 싶고 기대고 싶을 것이다. 하지만 딸이나 가족들에게 이런 고통을 대물림해 주고 싶지 않았다. 아직 벌어지지 않은 일이지만 나쁜 일만 계속 생기다 보니 어쩔 수 없이 만약을 생각하게 된다. 동생은 어머니를 요양병원에 모시는 것이 최선의 방법이라고 생각하는 듯했다. 누군가의 도움 없이는 아무것도 못 하시게 될 경우 선택할 수 있는 방안은 두 가지뿐이었다.

첫 번째는 아들 중 한 명이 모시고 살면서 주간에는 요양 보호사님을 고용해 집에 같이 있게 하는 것이고 두 번째는 요양병원에 모시는 것이다. 아직 어떠한 결론도 내리지 못했다. 요양병원은 존엄치료를 하는 병원을 제외하고는 환자 관리가 거의 방치 수준이라고 들었다. 야간에는 묶어 두고 기저귀를 채워 놓는다고 했다. 비용 부담이 덜 한다고 하더라도 그런 곳인 것을 알면서 어머니를 두고 나오는 것은 용납할 수 없는 일이었다. 어떻게 내 몸 하나 편하겠다고 인간 이하의 대접을 하는 곳에 어머니를 보낼 수 있단 말인가. 기억도 못 하고 인지 능력은 아이보다 더 떨어진 노인이라고 하더라도 해서는 안 되는 일이라고 생각했다. 내 생각에 동생도 동의하는 듯했다.

하지만 미래에 우리가 감당할 수 없는 때가 분명히 올 것이다. 그때가 된다면 금전적으로 부담된다고 하더라도 존엄 케어를 하는 병원을 찾아서 모셔야겠다고 생각했다. 옛날이라면 어떻게든 집에서 모셨을 것이다. 요양병원이라는 개념이 없던 시절을 떠올린다면 치매는 환자를 포함에서 모두에게 최고의 절망이었을 것이다. 마치 요즘 갓 태어난 아이를 맞벌이와 생계를 위해서 어쩔 수 없이 어린이집에 보내는 것과 크게 다르지 않다고 생각했다. 내 딸도 11개월

되었을 때부터 어린이집에 보냈다. 이에 많은 갈등이 있었다. 경력 유지도 하고 사회인으로서 활동하고 싶어 하는 아내도 이해가 되었지만, 소득보다는 어느 정도 엄마 품에서 더 자랐으면 하는 아이만 생각하는 나의 이기심 때문이었다. 결국, 아내의 의견을 따르기로 했다. 대부분 그렇게 아이를 보내기 때문에 받아들이고 이해하기로 했다. 걱정은 되었지만 큰 탈 없이 자라는 딸을 보면서 다행이라고 생각하기도 했다. 이제는 어머니를 그렇게 보내야만 한다. 좋은 어린이집을 찾는 것처럼 더 잘 돌봐 주는 요양병원을 찾아야 하는 것이 현실인 것이다. 인생이란 것이 어쩌면 보잘것없는 것이라고 생각이 들었다. 저항하면 할수록 삶은 더 비참해진다.

그래도 모실 수 있는 최대한 모시고 살아 보기로 동생과 이야기를 했다. 많이 힘들겠지만 자식을 키운 고통과 인내에 비교하면 희생을 하는 것이 옳았다. 솔직히 앞으로 어떤 일들이 벌어져 힘들어하게 될지 두렵기도 하다. 하지만 어머니와 지금부터 보낼 시간도 분명 더 지나고 나면 소중한 추억이고 그리워하게 될 것이다. 실수를 했든 아파서 자식에게 신세를 지게 되든 변하지 않는 한가지는 세상에 하나뿐인 나의 사랑하는 부모님이라는 것이다.

책을 마치며

책을 쓰는 동안 행복의 시간이기도 했지만 동시에 고통의 시간이었습니다. 되돌릴 수 없는 후회와 못난 나 자신을 돌아보는 과정이었습니다. 부모님에 실수와 숨기고 싶던 과거를 글로 남기는 것이 불편하고 걱정도 되었습니다. 모두들 좋은 것만 공개하고 자랑하고 싶어 하기 때문입니다. 그럼에도 용기를 내서 책을 썼습니다. 이 과정을 통해 치유를 받으며 잊고 있었던 소중한 사랑과 추억을 재발견하는 행복한 기억 속으로 초대받은 느낌이었습니다.

저 또한 짧은 삶을 살면서 많은 실수를 반복하고 있습니다. 그 시작과 원인이 무엇인지 잘 모를 때도 많지만 실수를 통해 성장도 하고 때로는 주변 사람들에게 원치 않는 상처를 주기도 했습니다. 부모와 자식 관계도 그런 것이 아닌가 싶습니다. 서로 이해하기 힘든 미묘하고 질긴 인연으로 연결되어 있어 서로가 가장 많이 알고 있다고 자부하지만 실제로 노력하지 않으면 진실을 놓치고 살아가게 되는 것 같습니다.

책이 나오면 가장 먼저 아버지 납골당에 가려고 합니다. 표현하지 못한 사랑에 대한 고마움을 이렇게라도 표현하고 싶었습니다.

그리고 아버지가 잠들어 계신 곳에 책을 넣어 드리려고 합니다. 자식 자랑하기 좋아하시는 분이니 잠도 안 자고 납골당 친구분들께 책을 자랑하실지도 모릅니다. 책 속의 내용이 아버지께 불쾌하게 느껴질 거라고 생각하지 않습니다. 오히려 아버지의 치부를 세상에 공개한 것에 대한 창피함보다 못난 아들의 보잘것없는 사랑에 대해서 응원해 주실 거라고 믿습니다.

또한, 글을 쓰는 동안 치유된 이 마음을 가지고 삶을 잃어가는 사랑하는 어머니에게 최선의 노력을 다하려고 합니다. 암에서 치매까지 너무 짧은 시간에 감당할 수 없는 고통 속에 살고 계시지만 자식들에게 미안해하는 감정도 못 느끼시는 모습이 차라리 속 편하기도 합니다. 지금까지 자식 걱정과 집안일 때문에 하고 싶은 것도 못 하시면서 살았던 그 시간에 대한 보상을 해 드리고 싶습니다. 남은 세월 동안에 자유롭게 하고 싶은 것들을 하고 사실 수는 없지만 사랑으로 마지막까지 옆에서 지켜드리고 싶습니다.

마지막으로 이 책을 읽으신 분들께 숙제를 드리고 싶습니다. 이제는 부모님께 사랑한다고 마음을 진심으로 표현했으면 좋겠습니다. '이 정도면 아시겠지?'가 아니고 티 나게 표현하셨으면 좋겠습니다. 이제는 목소리로 '사랑한다고' 말을 하고 두 팔을 벌려서 따뜻하게 포옹을 해 드렸으면 합니다. 사실 사는 게 힘들고 바쁘다는 이유로 시간의 소중함을 잊고 무한할 거라는 착각에 빠지게 됩니다. 저도 부모님이 기다려 주실 줄 알았지만 현실의 시간은 그렇게 넉넉하지 못했습니다. 지나고 나니 제 자신에게 많은 후회를 느끼며 정말 보잘것없는 사람이라고 생각하기도 했습니다. 그래서 반대로 하루에 딸을 수십 번 안고 사랑한다고 격하게 표현하고 있습니다.

부모님의 표현 방식이 우리와 맞지 않는다고 하더라도 숨은그림 찾기를 하듯이 꼼꼼히 살펴보았으면 합니다. 만사가 행복하고 문제가 없을 때는 오히려 숨은그림을 찾기 힘듭니다. 늦은 후회를 하기보다는 노력해서 먼저 찾아가다 보면 분명 무수히 많은 숨은 사랑을 발견할 수 있을 겁니다. 비록 어두운 이야기의 연속이었을지도 모르지만, 이 책을 통해 누군가에게는 새로운 기회가 되는 순간이 되었기를 간절히 바랄 뿐입니다.

보잘것없는 사람

초판 1쇄 인쇄 2021년 03월 30일
초판 1쇄 발행 2021년 04월 06일

지은이 고용환
펴낸이 류태연
편집 김지인 | **표지디자인** 조언수 | **본문디자인** 장서희 | **마케팅** 이재영

펴낸곳 렛츠북
주소 서울시 마포구 독막로3길 28-17, 3층(서교동)
등록 2015년 05월 15일 제2018-000065호
전화 070-4786-4823 **팩스** 070-7610-2823
이메일 letsbook2@naver.com **홈페이지** http://www.letsbook21.co.kr
블로그 https://blog.naver.com/letsbook2 **인스타그램** @letsbook2

ISBN 979-11-6054-452-7 03810